無人島生存十六人

川邦彦 著
陳嫺若 譯

人島に生きる十六人

目錄

無人島生活

一輩子的寶藏

推薦序

日本的海，開進來

吳鈞堯（幼獅文藝主編）

《無人島生存十六人》完成於二十世紀中葉，距今甲子餘，現在讀起來，反而別有意思。小說敘寫的年代，是在十九世紀末。那年頭，配備引擎動力的輪船尚未普遍，而仰賴人力與船帆，對抗多變的海。

中川倉吉船長與十五名船員，駕駛「龍睡號」，本想在船隻冬天避寒的時候，驅向南方溫暖之海，說不定還能撿些龍涎香等高經濟價值的香料，沒料到竟擱淺礁岩。幸好船長指揮若定，全員撤退到無人島，吃龜肉、啖鳥蛋，在急難中發揮團隊力量，終於得以安全歸返。

讀《無人島生存十六人》，讓我想起當紅的卡通《航海王》。劇中的魯夫，不就是戴草帽，召集志同道合的朋友，駕駛「梅利號」出航，宣稱要當海賊之王？魯夫的歷險千奇百怪，其中的「天龍國」，曾經熱鬧地成為代名詞，隱喻某些族群。除了海洋與冒險，讓我想起兩者之外，《無人島生存十六人》的情節安排、敘述節奏，更有著欣賞當下冒險卡通的樂趣。《航海王》怪誕離奇，《無人島生存十六人》架構在現實基礎上，透過船難，陳述冒險、彰顯人性光輝，對於海的今昔、海的知識，以及求生與保健等，都緊依著冒險，一一搬演。

隨著「龍睡號」啟航的，是十九世紀末的海。那年頭，可在海上或者無人島撿拾龍涎香。十六人被困小島時，有龜肉可食，然而百餘年後，不知這些景觀是否跟著作古，不復再見。作者須川邦彥移百年之海到眼前。它的富饒，比照生態破壞的當下，是神話，也是理想。但願我們能把海跟天，都一一修復了，再給地球跟後代，一個富有的傳承。

最有趣的，是海的知識。比如在船上吃白米，易得腳氣病，必須吃麥子飯。用毛毯而不用棉被，可提升寢具衛生，降低感染發生。海龜除了可以食用，牠的肚子裡存有幾公升的清水，發生船難時，他們便依賴海龜維生。發現島嶼，船夫習慣會說「中了」。

求生訓練是冒險的基本配備。我有一位朋友，他的工作非常特別，帶年輕人到山上獨自過夜。沒有燈、沒有光，只有暗摸摸的黑跟自己。荒島求生，最容易跟自己過不去，中川倉吉船長發揮領袖魅力，制定團隊規範。正因為把大家都擺在對的位置上，才能夠鑿井取水、堆沙丘架瞭望塔、織魚網，甚至授課教學。讓流離孤島的十六人，彼此扶持協助，而不至於走向《大逃殺》（也是日本知名小說）中，彼此獵殺的殘酷狀態了。

對日本來說，海洋是開放的，所以有各種的可能，但近代台灣的海，經常是關閉而危險的。它阻擋了島民的冒險求進，它規範了天空的面積，所以海洋文學在台灣，得到了上個世紀末，才漸漸描繪出它的面貌。「龍睡號」早在一百多年前就出發了。它的航程是中途島、檀香山等，現在則開進台灣了。

它融合了冒險求生、海洋生態與知識。它知道海的危險，更明白海的可能。而人生與航行，不也是在蛻變眼前的蓊鬱，而走向彩虹，或者是另一種藍天。

推薦序

像大海般廣闊、巨大與強壯

李偉文（牙醫師・作家・環保志工）

小時候看了十九世紀法國著名作家凡爾納[1]所寫的《十五少年漂流記》。描述一群少年因為意外而漂流到小島，大伙分工合作解決困境的求生冒險故事。許多年來，這本書一直帶在身邊，反覆看了許多次，因此從小我就很嚮往能夠與一群好朋友一起冒險，學生時代參加童軍團，長大後組織荒野保護協會，或許都有這本書的影子。

不過，《十五少年漂流記》畢竟是個虛構的少年小說，而且年代久遠，對於現今見多

①凡爾納（Jules Gabriel Verne，一八二八—一九〇五）：知名法國小說家、博物學家、詩人，現代科幻小說重要開創者之一，被譽為「科幻小說之父」，重要著作有《環遊世界八十天》、《海底兩萬里》、《十五少年漂流記》等。

識廣的年輕人來說，恐怕已經沒有太多的吸引力。可是這種團隊合作以及面對艱難環境永不氣餒的精神，正是當下時代，尤其是年輕人們最重要卻又最欠缺的素養。幸好有了須川邦彥《無人島生存十六人》這本書，裡頭真實的故事與絲絲入扣的描述，讓我們彷彿跟著他們一起經歷了這趟冒險旅程。

他們之所以能夠在大洋中小小的珊瑚島上存活下來。船長在第一天所訂下來的四點守則是絕對的關鍵，這些戒律其實也是我們在這競爭世界中重要的求生準則：

第一，用島上取得的東西生活。

也就是不浪費從船上帶出來的有限資源，如火柴、木頭等等。這個守則對於在物質太豐盛、選擇太多的環境中成長的年輕人或許無法體會。可是地球資源終究是有限的，我們勢必要在來得及的時候建構一個永續的社會，才不會在「盛極之際」崩潰，就像歷史上無數過往的文明或帝國毀滅的前車之鑑。

第二，不討論做不到的事情。

在小島上幾乎沒有什麼資源，也欠缺工具，在求生過程中，難免會抱怨「假如有什麼就好了」。但是這種言論不但於事無補，還會挫折了精力與熱情，因此只說做得到的事，才能激勵自己不斷行動。這個信條對眼高手低，只會批評埋怨，懶得動手流汗的現代人來講，更是當頭棒喝。

第三，生活要保持規律。

在小島上，返家遙遙無期，人難免會失去上學、上班工作的規律性，不但有損健康，也會耗盡意志力。因此船長除了要求每個人依照分配工作，維持正常作息之外，也仍然會對那些實習船員上課。其實這種生活常規與紀律，也是我這些年陪伴孩子學習與成長，覺得最重要的一件事。我常常看到許多才氣縱橫的人，到頭來卻一事無成。在勢必會挫折的這個時代裡，韌性與意志力，都必須靠著紀律與自律的習慣來養成。

第四，保持心情愉快。

根據研究，幸運的人總是保持愉快的狀態，而不幸的人則是常常抱怨，是個不快樂的人。所謂愉快的狀態，並不是真的碰到好事，所以我們就快樂，而是無論如何就是要快樂，即使假裝快樂也可以。科學也驗證，情緒會影響生理的變化，反過來，生理的改變也會影響心理，因此要隨時微笑、大笑，讓身體充滿活力，我們就真的會快樂起來。

這十六個人在無人島上遵循這四個戒律，不但活了下來，最後還像那個老船員小笠原所說的：「在這座島上第一次活出人生的價值。我的心彷彿像大海那麼的廣闊、巨大而強壯。」

是的，當我們隨著這本書經歷這趟旅程，我們也有信心如大海般壯闊，迎向未來。

前言

長久以來，我一直深深感覺，日本雖然是個海島國家，但卻幾乎沒有任何讀物，能將海洋的氣息吹進日本少年的心中。

不過，自從昭和十六年（一九四一年）十月開始，須川先生著手寫了一部〈我的無人島生活〉故事，在《少年俱樂部》上連載了十三個月，每個月我都迫不及待的找來閱讀。在閱讀的過程中，我也不知不覺被吸引到故事裡。好幾次都想回到四十年前的過去，在無人島上生活。

我們在無人島遇到船難時所做的一切，都只是日本海上男兒自然會做出的反應。而須川先生擁有日本作家所缺少的海上經驗，更曾經是個在海上航行的船長，對於大海就像是自家池塘那般熟悉。也因為他對大海和船隻都瞭若指掌，所以能以暢達的文筆，寫下如此深具趣味的作品。

讀完了這個故事，我不禁回憶起了往事，想起龍睡號船上那十五位了不起的夥伴，也想到了從前須川先生在練習船琴之緒號上當實習學生的時代。

然而，一想到這十六名在無人島上求生的人，現在除了我之外，幾乎都已經凋零，真的會覺得有些淒涼。不過我相信，這本書正是對那些現在已不在人世的幾位夥伴，最好的獻禮。更是引領下一代少年們，最有價值的一份禮物。

因為這個緣由，得知從前練習船時代的學生須川先生將我的經歷寫成了故事，並且出版成書，我由衷的感到欣慰。

中川倉吉

龍睡號出航了！

中川船長的話

距今四十六年前，我還是個東京高等商船學校的實習生，在練習船琴之緒號上面工作，我的教官中川倉吉老師告訴我們他的一段親身經歷。這是個令我由衷佩服，一輩子都無法忘記的故事。

四十六年前，也就是明治三十六年（一九〇三年）五月，我們所搭乘的琴之緒號停泊在千葉縣的館山灣。

這是一艘重達八百噸的全帆裝船，三根粗大的桅杆從甲板豎立到天際，每根桅杆各由五支長帆桁所組成。

抬起頭往上看，上方的五支帆桁整齊畫一的並排著，看起來好像只有一支，末端筆直的伸出船舷外。

豎立於船身後方的三支桅杆，它的底部就是上甲板。當時我們盤腿坐在那裡，全神貫注的聆聽中川教官倚在摺椅上，用東北腔熱烈的說故事。那個情景，直至今日我仍然歷歷在目。

中川教官的身材並不高大，但體格很結實，一張臉曬得黝黑。鼻子下方留著粗黑的八字鬍，就像帆桁那般，豪邁的向左右展開。他的眼光炯炯有神，偶爾露出他白亮的牙齒。教官嚴肅中充滿了慈愛，雖然這樣的比喻很失禮，不過，他總讓我想到方形臉的海狗，悠然坐在岩石上的模樣。

說起來，我們三個學生穿著洗到灰舊的白作業服，盤坐在甲板屏氣凝神的模樣，恐怕也像三隻小海豹吧！

中川教官年輕的時候，曾經上過美國捕鯨帆船[1]，追尋著鯨魚的蹤影。回國之後，又成為了海獺船的船長，在北方海域捕捉海狗和海獺。此外，他還當過「報效義會[2]」所屬的小帆船——龍睡號的船長。

報效義會是由郡司成忠會長號召成立的，會員們進駐到日本北端——千島群島最末端的占守島，進行千島當地的開發。他們以龍睡號作為占守島和內地的聯絡船，為島上居民們運送糧食與日用品，也將島上收穫到的特產送往日本內地。

龍睡號在南方海上遇難之後，中川船長便成為了練習船琴之緒號的大副，對我們這些海上的年輕人進行嚴格的訓練。

有好幾次，我請求中川教官跟我們談一談龍睡號在南海遇難，漂流到太平洋無人島的故事，現在終於如願了。

太陽已經沉入到海中，館山灣籠罩在一片暮靄裡。其他的學生因為放假的關係，幾乎

①根據一九八六年的國際《禁止捕鯨公約》，世界各國已宣布禁止捕鯨。本書由於寫作於一九四一年，因此裡頭關於捕捉鯨魚、海狗、信天翁等動物的描述，有其時代限制，而且也因為流落荒島，為了求生才不得已如此，在此特別說明。

②報效義會：為明治年間的海軍上尉郡司成忠所組織的團體，前往千島群島探險，開發了最北端的占守島。

全部登陸去了。船內一點聲響也沒有。

以下的故事，就是中川教官的自述。

龍睡號出發的目的

須川君長久以來一直拜託我說說無人島上的故事。今天我就兌現這個承諾吧！

出事的龍睡號是一艘重達七十六公噸，雙桅杆的斯庫納型帆船，用來作為占守島與內地之間的聯絡船。

占守島在冰雪封閉的冬季期間，島上與內地的交通中斷。因此，從秋天到第二年的春天，龍睡號都會繫在東京的大河口，這完全是一種浪費。而且，船上只留下了守衛，技術高超的船務人員全部都下船去了。

所以到了春天，打算要再次出航的時候，一時間也無法順利召齊所有的船員。這種情形不只有發生在龍睡號，北日本的漁船或小型帆船也都會遇到這種窘境。

因此，我想出了一個計畫，讓船隻在冬天避寒的時節，從南方的暖海新鳥島出航，到小笠原諸島那邊進行漁業調查，一直到春天，再返回到日本來。

如果結果理想的話，冬天停航的帆船或漁船會有近兩百艘，這些船如果都能出海到南方工作，對於日本來說真的是一件好事。首先，就由龍睡號出發去尋找機會吧！於是我便開始著手進行這項計畫。那是在明治三十一年（一八九八年）秋天的事。

我也考慮到另一件事。日本東南端的新鳥島（這座島位於北緯二十五度，東經一百五十三度。由於是座火山島，據說可能因為火山爆發或其他的原因，而沉入海底了）附近，有座島叫做格蘭帕斯，這裡從前是海盜的基地。某些捕鯨船的船長認為，這座島只是個子虛烏有的傳聞，不過也有船長說這座島嶼確實存在著。雖然是船隻鮮少經過的地方，但在關注那片海域的人之間，那是座麻煩的島嶼。

不管怎麼說，如果能找到這座島，對日本都是件非常有利的事情。不僅如此，因為它是海盜的祕密基地，運氣好的話，說不定還能發現他們藏在島上的寶物。

如果能發現這座海盜島，我想把這裡當作我們的基地，對整個島嶼和周圍的海域仔細的調查一番。然後，在島上開闢田地，種植新鮮的蔬菜，這樣就可以預防從前帆船航海人最苦惱的、因為缺乏蔬菜而罹患壞血病③的問題了。我考慮到這一點，因此也準備了大量的蔬菜種子。

另外還有一個好處，到了南海可以捕撈到龍涎香。龍涎香是一種大型水母狀的團塊，會飄浮在海面上，據說也有人發現它被拍打上無人島的海岸。

這種抹香鯨體內分泌出來的物質，可以作為香水的原料，因此價格非常的昂貴。有些上等貨一公克的價格，就相當於重量相同的黃金，而一些龍涎香塊甚至可以重達百斤。

我想，如果運氣好的話，或許可以撿到個兩、三塊。事實上，以前就不乏撿到大塊龍涎香的傳聞。

---

③壞血病：因為缺乏維生素C所引發的疾病，主要的症狀是牙齦出血、肌肉與關節腫痛、身體虛弱，多食用蔬菜、水果就可以改善。

探險船的準備

船隻行駛在大海上，有好幾個月都靠不了岸，而且不論遇到多大的暴風雨，也都必須挺住。因此出發前的準備工作，首要在於將船體修繕完備，更換成更強韌的船具。

航行在廣闊的海洋，最需要的就是航海圖，與詳細說明海、島和海流等資訊的海上指南，也就是水路誌。計算船位置的各種航海用精密儀器，有些是從國外訂購的，有些則是向海軍或商船學校借用的：包括了三個六分儀、兩個經線儀（精確時鐘），又安裝了精準的羅盤，全都是超越漁船等級的配備。

船員們也都是經過精心挑選的海上勇士。

大副榊原作太郎，這位先生致力於遠洋漁業長達十餘年，曾經擔任船長，也當過大副，有時候也從事水手長的工作，是很少見的海上專家。而且他的品性端正，人品高尚，是個值得倚靠的參謀。

漁業長是鈴木孝吉郎，這位先生是漁夫出身，對於伊豆七島到小笠原群島之間，有深厚的漁業經驗。他的船曾在海上遭遇到多次的災難，在隨時都要應對新事物的遠洋漁業調查上，是個不可或缺的第一線指揮官。

另外是一位從實地經驗裡磨練多年，擁有過人本領，性情卻很篤實的水手長。

其他還有四名報效義會會員。這些人在占守島度過了好幾個寒冬，嘗盡艱辛困苦，對於漁業方面都有相當豐富的經驗。

至於船上兩名實習生都是水產講習所出身的。兩個人現在正在累積海上的實習經驗與進行研究，希望將來能為日本漁業做出一番貢獻，是相當值得讚許的青年。

還有三名小笠原島的外國歸化人，這些人是從前美國捕鯨船船員的後代，自從小笠原這個無人島成為外國捕鯨船的基地以後，他們就上岸定居下來。明治八年，小笠原島劃入日本領土，而這些天生的海上男兒因為景仰日本，便脫胎換骨成為了日本人。

最後還有水手和漁夫一共三人。這十五個人都真心誠意的成為我的手腳，為我效力。

船上一般是沒有醫師駐守的。因此，遠洋航行的帆船，偶爾會發生一些駭人的慘劇。獵海狗船日之出號，船上所有的船員全都染上了天花，就在所有人生命危急之際，幸好船隻幸運的漂流到海岸邊，因而才獲救。

此外，還有一艘南洋貿易的帆船松坂號，船上的人員都得到了腳氣病，因而無法行動。只有三個人能勉強爬上甲板工作，使得船飄流到了小笠原島。類似這樣的船上故事，可以說是不勝枚舉。

日本船上的人都吃白米飯，所以有很多人罹患了腳氣病，在茫茫大海之中忍受痛苦的折磨。

因此，龍睡號為了要預防這種可怕的腳氣病，故而要求全體的船員都吃麥子飯。

麥子飯不好吃，但是因為我們要順著黑潮[4]，為國家航行到遙遠的地方。所以希望大家能把麥子飯當作強健身體的良藥來吃它。

大家抱持著這樣的想法，吃起了半米半麥所做成的飯。

太奢華的食材不適合海上的勇士，所以在其他糧食的選擇上也是煞費苦心，我們盡可能找尋便宜又營養，並且禁得起長時間熱帶航行的糧食，存放在糧倉中。

另外，我還果決的要求船員們發誓：

「絕對不在船上喝酒。」

我請醫生來為全體人員進行健康檢查，然後幫他們接種牛痘。在船上代理醫生工作的，不是別人，就是船長我本人。因此，船上也準備了充足的必備藥品和醫療器具。

船隻漂浮在大海中，飲用水的重要性僅次於性命。惡質的飲用水是疾病的根源。所以，我們在船上打造了大小兩個清水槽，從橫須賀的海軍專用水管，分來了優質的飲用水儲存。

服裝則不需要講究，粗陋的布料就可以穿，所以替他們準備了很多衣服，平時就讓大家穿著最簡陋的衣物。

④黑潮：亦稱日本暖流，為世界第二大洋流，屬於太平洋洋流之一。從菲律賓開始，流過台灣東部海域，再沿著日本往東北方流動，最後與親潮結合匯入北太平洋洋流。

但是在寢具方面，卻捨棄了一般漁船常用的棉被，讓全體船員都改用毛毯，這罕見的規定使得衛生條件有了大大的改善。

這次航海的目的在於漁業調查，因此理所當然地在漁具的準備上，花費了不少的心力。我們購齊了捕鯊用的釣具，和榨魚油的工具。鯊魚專用的魚鉤、魚線、魚餌，都必須實際比較研究，所以從日本沿岸、小笠原島海域，和外國收集了各地所使用的工具回來。另外，為了捕捉海龜，也準備了各一種小笠原島海域和南洋原住民們所使用的工具，也購置了榨海龜油的大鍋。

預料到時候也要捕鯨，所以我們便以大型抹香鯨為目標，將捕鯨用具也全部買齊。一旦發現到鯨魚的蹤跡，就會用舢舨和漁船向鯨魚進攻。先用魚叉、短槍、裝載了爆裂彈的魚叉刺入鯨魚身體，再與牠近身肉搏，進而捕獲。

我有過擔任捕鯨船船長的經驗，而且歸化人也都是捕鯨人的子孫。這些人總是一邊調整著手邊的魚叉，一邊祈禱能早日遇到一尾大鯨魚。

大西風

萬事準備妥當以後，我們在明治三十一年（一八九八年）十二月二十八日，從東京大川口揚帆出發。第二天駛進了橫須賀軍港，從海軍的水管接引了重要的飲水，將大小水槽放滿之後，才終於精神滿滿的將帆拉起，航行向太平洋。

龍睡號乘載著滿懷希望的十六個人，在伊豆鄰近海域看見了元旦的日出。我們一再回望晴朗天氣中巍巍而立的神聖富士山，在順風中大帆鼓脹而起，一路向著南方輕快的前進。

一天又一天的連續航行之後，一月十七日，我們來到了目的地新鳥島附近。

這一天的清晨，四周瀰漫著濛濛大霧，海平面模糊不清，但飛翔在帆船四周的海鳥，數量漸漸的變多。到了八點多的時候，海水從原本黑潮的青紫色，突然轉變為淡綠色，便可以知道島嶼就在附近了。經過測量，海域的深度有十七尋（三十一公尺），海底都是珊瑚礁岩。

「有小島！」

瞭望員大聲的叫喊，伸直了右手用力指向前方。

透過淡淡牛奶般的霧氣，視線中依稀有個以淡墨勾勒出的岩石狀物體，但還是什麼也看不到。

我決定在霧氣散去之前下錨停泊，便在小錨繫上粗繩，投入到海中。

但是，海底全都是珊瑚礁岩，所以錨爪滑脫，船隻停不下來。船咯啦咯啦的拖著錨，被潮水推著走。因此，我把小錨拉起來，在繩索上再繫上比小錨大一點的中錨，把兩個錨一起都丟進海裡，牢牢的勾住了海底，船停止了。

「好了，來釣鯊魚。」

船停泊好了之後，我們立刻準備來釣鯊魚。

就在此時，突然颳起了一陣劇烈的西風。狂風咻咻地颳向桅杆和纜繩，在海面掀起滔滔白浪，船體在大西風裡強烈的搖晃，錨索繃住勾緊。

啪！

一個不妙的聲響，粗錨索斷了。我們立刻把船裡左舷上了大鎖的大錨也丟進海裡，船體才停止下來。

然後又趕緊降下舢舨，放置到被大風颳起了浪花的海面，開始進行回收斷線船錨的作業。因為錨上裝設了一支大浮標，有用堅固的繩索固定住，所以就算錨索斷裂了，只要拉起這個浮標的繩子，也能夠把船錨拉起來。

舢舨上的人使盡了全力，想要把船錨拉上來，可是卻徒然無功。兩個船錨應該是緊緊卡在礁岩縫中了吧！大西風漸漸變得更加猛烈，波濤也逐漸增強。舢舨上的人一邊承受海浪的沖擊，一面進行作業真的太過危險了，因此最後還是暫停了起錨的作業。

然而，釣鯊魚的結果卻是成績斐然。在起錨作業的三個小時期間，甲板上堆疊了數十條二公尺長的大鯊魚。

時間在大西風的不斷強烈吹拂之下溜走。到了下午四點左右，不知怎麼的，帆船突然移動了。把船錨的鐵鍊捲上船，才發現船錨不見了。鐵鍊在接近船錨的地方斷掉了，今天真是個船錨出狀況的一天。在短短的七個小時之內，我們就失去了大、中、小三個船錨。

事情到了這個地步，我也一籌莫展。只好先放下船帆，乘著風前進避難去。大風所颳起的巨浪，把船體拍打得七葷八素。第二天黎明時，前方桅杆粗大的支索鬆了，不過後來總算勉強修好了。

大西風颳得越來越猛烈，那一天夜裡，船隻前方的桅杆從上方折斷。而且甲板下的大飲水槽竟然也破了，清水全部流光。小水槽的水，因此成為我們十六個人的生命泉源。

一整夜，我們全體船員都在與劇烈的狂風大浪作戰，也一邊緊急在夜裡通宵修理桅杆，到了天明之際總算修理好了。但現在除了順著風的方向行駛之外，也沒有其他辦法了。因此我們調轉船的方向，朝東北東的方位前進。

大西風颳了一個星期，二十四日的中午，我們已經被吹到新鳥島東方數百海里[5]之外。說得精確一點，就是東經一百七十度附近。

現在已經沒心思去什麼海盜島探險了，如果想回日本的話，就得駕駛這艘桅杆斷裂、索具鬆脫的小帆船，逆著大西風，與狂風怒濤奮鬥一千海里以上。雖然距離遠了一點，但最保險的方法還是順著風向，前往夏威夷群島的檀香山港避難。把船身修理好，做好了萬全的啟航準備以後，再返回日本。人家說的「欲速則不達」就是這麼一回事。

此外，往檀香山航行的話，也可以沿著島嶼前進。一旦糧食吃光了，就可以釣魚來吃，也能夠登島取得飲用水。萬一真的沒水可用，還可以利用這些島上大量棲息的海龜，在海龜的肚子裡通常都存有一到兩公升的清水。

這些島嶼附近吹的是東北信風（一年到頭固定吹著來自東北的風）。如果大西風停了，吹起了反方向的東北信風，我們的船就可以逆向回頭了。打定了主意以後，我們便鎖定目標，往檀香山航行。

不過，為了盡早獲得飲用水，我們決定先到最接近的島嶼，也就是先到夏威夷群島中的中途島去。

⑤一海里：相當於一・八五二公里。

中途島距離檀香山港大約一千海里，位於夏威夷群島的最西端，島嶼高度約為海平面以上十二公尺，但只要稍微往下挖就會有清水湧出，所以我認為可以先到這個島上汲取飲用水。不過因為大西風太過於強盛，無法駛近島嶼的岸邊。最後只好無奈放棄，轉往檀香山前進。

之後的日子，龍睡號每天不停的前進。到了第十一天，也就是二月四日，在第一次看到夏威夷群島的島嶼後，每隔三、四天就會看到小島，於是便沿著島嶼前進。

由於取得飲用水最為要緊，因此，我們每到一個島嶼附近便會放下漁船，出外去尋找水源。然而因為波浪太過於洶湧，無法登上岸，而能夠登岸的島上卻又沒有清水。

不過，在這些無人島上，隨意便能捕獲到那種大型海龜——龜殼長達一公尺左右的綠蠵龜（綠海龜），而且牠的肉質比牛肉還要甜美。此外不論在哪個島嶼附近，都能釣到兩公尺以上的鯊魚，要多少就有多少。

我們就這樣朝向一望無際的天空和海水，揚帆輕馳。接著過了二月，來到三月十五日。

那天下午兩點，在西北方的海平面附近，發現到一縷黑煙。

是汽船。

我們準備好了國際信號旗⑥，等待著汽船靠近。這是有原因的。

靠機械動力航行的汽船，不會受到風向或海流的影響，能夠朝著目的地直線前進，同時也能知道自己行駛的速度。因此在茫茫大海之中，他們可以清楚知道自己船隻的位置。然而，帆船必須依靠風的動力前進，航行時會受到風的方向、強度，以及海流等因素阻撓，所以無法像汽船那樣前進。

因此，每當帆船在海上遇到汽船時，就會詢問對方：

「這裡是什麼地方？」

這是全世界航海人的慣例。

海平面上的一縷黑煙逐漸變粗、變濃。不久後，桅杆、煙囪和船體都從海平面上浮現，

⑥國際信號旗：一種船隻間運用旗幟溝通的系統，能讓船隻之間明白快速傳達彼此的想法。

逐漸向我們靠近。我們在船尾升起了一大幅日本國旗，雖然我們船身小，但也是堂堂的日本船隻。船上的十六名船員，代表了日本的國民。而對方的汽船，則懸掛著美國國旗。

下午三點四十分，兩船的距離接近到八百公尺。我船在桅杆升起國際信號旗，向汽船打出了信號。

「請出示貴船的經緯。」

汽船回應我們的信號，升起了許多信號旗。把這些信號旗的意思連接起來，就是：

「西經一百六十五度，北緯二十五度」

這樣就能得知我們船隻確實的位置了。

「感謝您。」

「祝福貴船有趟愉快的旅程。」

打出了感謝信號以後，汽船也升起這個信號回應，駛離我們這艘搖搖晃晃的小帆船，漸漸遠去。不久後，消失在海平面的彼方。

汽船和帆船就像是龜兔賽跑。我們的烏龜船在此把船頭對準檀香山，加速前進。

二十二日的清晨，我們抵達檀香山外海。升起了信號旗，呼叫港口的領航員，在拖曳船的拖行下，龍睡號進入到港內停泊。

我上岸了以後前往檀香山的日本領事館，向領事提出海難報告書，說明進入這個港灣避難的緣由。另外還附上了英文的海難報告書，委託日本領事交給檀香山市政府。

世界海員的典範

龍睡號順利得到了庇護，但是眼前還有個大難題需要解決。就是船體需要大肆整修一番，必須買一副新的船錨，也要補充糧食才行。然而龍睡號已經沒有預備金了。

作夢都想不到我們的船，竟然會在外國的港口進行大肆的修繕，還要購買糧食。龍睡號的船主——報效義會，是個窮困的團體。這次航海的目的，原本是希望趁著冬季的期間，行駛到南海海域，捕捉鯊魚、海龜，以及一些海鳥，如果可以的話，也捕捉抹香鯨來獲取利益。

因而我不得不向僑居檀香山的日本人求助，表明我們船隻一毛錢都沒有了。

而日本僑胞的回答，令人動容。

「我很同情你們。我們也是日本人，因此會盡力幫助你們的。」

他們在日文報紙上刊出了「義助龍睡號募捐活動」的廣告。但在當時，不知為什麼緣故，在檀香山的外國人之間，散布著奇怪的謠言：

「看看那艘船。只不過是艘日本小帆船罷了！卻掛著那麼大的太陽旗，這些人真是太傲慢了。他們宣稱入港是為了要避難，但在進入檀香山港之前，還追過了沿岸定期航線的小蒸氣船呢！說什麼遭遇到大風浪，根本是為了逃稅所編造出來的謊言。」

檀香山聚集了各個國家的人，謠言在大家口耳之間流傳。

於是不久以後，停泊在港口裡的龍睡號收到了港口公所送來的一份文件。

「急件　請船長親自至本處報到！」

我上了岸，前往公所。被帶領進一間豪華的大房間。正前方掛著一張大海圖，它的前面是一張大桌子，三名美國官員正坐在椅子上瞪著我瞧。

我戰戰兢兢的走進室內，官員們站起來向我握手，問候過一巡之後，對著我說：

「船長，請坐。」

我在椅子上坐下，與三名官員隔著大桌子相望。在那張桌子上鋪展開了一張海圖。

馬上，其中一名的官員語氣平靜，但不留情面的說：

「船長，據你所提出的說明，聲稱是為了避難才進到檀香山港的吧？」

然後不等我的回答，立刻又指著桌上的海圖說：

「可是，請看看這張海圖。你的報告裡說，你們的船是在這裡失去了錨，又因為大西風的侵襲，所以桅杆斷了，水槽也破了，然後才飄流到這裡。但照理說從這一帶開始，海流是從東北方而來，又吹起了東北信風。你們逆著海流和風向，還能航行二千多海里，這樣的小帆船還能稱得上是遇難船嗎？另外，在入港之前，你們不是還追過了沿岸定期航行的蒸氣船？所以你的海難報告書是假的，我們不接受偽造的報告書。」

然後，他把我先前請日本領事館轉交的英文海難報告書，推到了我的面前。

這實在是太出乎意料了，而且也讓我很生氣。但是，你們將來到國外去，也會遇到類似的情形吧！這種時候一旦生氣，你就輸了。只要好好的說明，對方一定就能了解的。

因此，我把遇難的來龍去脈，從頭開始慢慢的、仔細的解釋了一遍。哦，不對，是說給他們聽。因為這可是事關全日本船信用的大問題，而且也關係到夏威夷日本僑民的名譽與信用。我費盡了口舌、真心誠意的努力讓他們了解事實。到最後還不忘強調：

「說了這麼多，各位先生還是認為這份海難報告書是偽造的嗎？」

俗話說，誠意也會感動天地。真的沒錯！聽完了我的話，這三個美國官員全都站起來。其中一個伸出一雙大手，突然緊緊的握住我的手，用力的搖晃，並且說道：

「船長，我們都了解了。」

三人威嚴的面容轉變成燦爛的笑容。另一個官員則說：

「好的，我們也開始對船長的處境感到同情了。對了，同情的第一步就是貴船的入港稅、停泊船稅，還有領航費及拖曳船費都將由公所捐助。其他還有什麼我們幫得上忙的地方呢？」

於是我說：

「目前我們需要的是乾淨的飲用水。」

話才一說完，官員便立刻回答：

「什麼？乾淨的飲用水？這個太容易了。在船長回到船上之前，運水船就會停靠在龍睡號的隔壁了。我立刻用電話下令……。」

我走出了公所，直接走到日本領事館，向他們報告過程的始末。

「太好了。此外，貴船的修繕費用，已經確定全部都由本地日本僑民捐助，代為支付。所以請儘管放心，好好的把船修好吧！」

聽到這個消息，我全身上下都充滿了對於同胞的感激之情。而且，這筆費用的金額，在一星期之內便已經籌足。

自從檀香山官員解開誤會之後，龍睡號的評價也頓時好轉起來。外國報紙開始每天刊登一些讚揚我們的新聞。

像是龍睡號的船員們很有禮貌，品性良好又守本分，而且全體船員都滴酒不沾。

所有的外國人都相信，酒是全世界海員最好的夥伴，可是龍睡號的船員卻一律滴酒不沾，外國人對這種情況簡直是難以置信。

正當這個時候，檀香山的港口停泊了一艘基督教的佈道船。這艘船是為了宣揚基督教而準備的，計畫前往南洋一帶宣教。然而船上的工作也很重要，所以他們需要品行端正而且禁酒的海員。然而，這種海員全世界難尋。就在這種成見之中，他們看到了關於龍睡號船員的報導。於是，佈道船有意把龍睡號的船員，從大副、水手、漁夫全都延攬到自己的船上去。

他們說：

「像龍睡號那種等級的船，一定還會再遇難。下一次可就沒有人救囉！您們的月俸一定很低吧！吃的又都是大麥飯，實在是太可憐了。但是在佈道船上，每天三餐都能夠吃西餐。月俸高出好幾倍，而且每年供給船員四套制服、鞋子和帽子。船身既寬敞又乾淨，還是住單人房，每天也都能洗澡，水也可以正常的使用。航行幾乎都會在港口停泊，不用擔心暴風雨來襲，而且每天都能來聽傳道。怎麼樣啊？從龍睡號下船，來我們這裡吧！每個月還能寄錢回國，孝敬父母呢！」

他們開出這樣的條件想要招攬龍睡號的船員，然而我們十六個人卻完全不為所動。

這又讓外國人大為感動，直說「龍睡號的船員是世界海員的典範」。他們向日本領事館要求捐錢給龍睡號，也捐贈了物資給我們。

領事說：「謝謝你們的好意。但是船身修繕的經費，已經由日本人單獨負擔了，所以無法接受你們的金錢資助。那我們就接下物資，送到龍睡號上去吧！」如此委婉的拒絕了外國人的金錢捐助。

就這樣，船隻修繕得以順利的完成，我們選在四月四日重新啟程。

龍睡號兩個星期前入港時，桅杆斷裂，又失去了船錨，宛如是隻少了螯的螃蟹。而且水槽破損，整艘船傷痕累累，情況十分的淒慘。可是現在船上立起了新的桅杆，船錨也買齊了。從上到下都整修得結實完備，彷彿重生般煥然一新。

到了四月四日的清晨，龍睡號在領航員的指引下，由港內拖曳船拖著，浩浩蕩蕩的駛出港口。

日本國旗在船尾翻揚，這全是我們兄弟同胞和外國友人的溫暖人情促成了這一切。停泊在港口外國船上的人們，也走出到甲板，朝著被拖曳船拖行離去的龍睡號揮動帽子，舉高了手，向我們道別。

冒著黑煙前行的拖曳船，將龍睡號拖到港口的外海。港口外和風徐徐吹拂。

拖曳船放掉與龍睡號連接的曳繩，領航員也要準備離去了。他緊緊的握著我的手說：

「那麼，祝你一路順風，船長。希望你們有趟愉快的航程，滿載豐盛的收穫，平安回到日本。」

隨即，他跳到繫在龍睡號船舷旁的小艇上，大聲呼叫：

「有沒有人要寄信啊？有人有信要寄回故鄉的嗎？這是最後一班郵車囉！」

領航員親切的提醒。因為龍睡號出航以後，在回到日本之前，會有好幾個月的時間沒辦法寄信。

「謝謝。不過，大家已經都寄了。」

於是，他微笑的點點頭，高舉著他的手。讓拖曳船拖著自己所乘坐的小艇，返回到港灣中。

回頭遠望，港口漸漸離我們遠去。再見了，檀香山港！因為意想不到的事件，讓我們對許多國內外朋友的善意深深感激。但是心裡最掛念的還是占守島上的人們，他們又是多麼殷切的在等待龍睡號的到來呢？真希望我們能像射出的箭矢一般趕緊飛回去。但是出現在我們前方的，卻有著難以預料的命運在等著我們。

返回故國日本

龍睡號現在已經投入到大自然的懷抱，在大海中奮勇的破浪前行。在舒爽的和風吹送下，船帆鼓脹了起來。我們把船首對準航路，沿著夏威夷群島的無人島前進。

朝著日本直線前進，其實是回家最近的距離。可是中途不但海水很深，而且魚類也很稀少。所以，雖然會繞一些遠路，但我們還是沿著島嶼前進。

一方面是因為在這些島嶼的周圍，一定會有很多的魚群和鳥類。如此，我們可以仔細的調查生態。另一方面，從前在這些島嶼一帶有很多的抹香鯨出沒，因此追捕鯨魚的捕鯨船，還曾經發現到無人島的存在。然而，最近幾年以來，抹香鯨完全失去了蹤影。推測很有可能是因為這一帶鯨魚的食物——墨魚和章魚消失了的緣故。也或者，是洋流發生了變化，導致鯨魚也跟著消失。也許洋流真的有了改變，所以這一部分我們也想要調查清楚。

如果真的發現了鯨魚的蹤跡，我們就要展開勇猛的捕鯨行動，如此也增添了一些樂趣。

此外，我們也必須考慮到飲用水的問題。儘管有一大一小兩個水槽，但是我們的船隻太小了。如果飲水用完了，並非每個島嶼都可以拿到飲水。所以，最好還是前往中途島靠岸，把水裝滿了再走。這也是沿著島嶼前進的原因之一。

不過，因為我們帆船依靠風力航行，所以就算沿著小島航行，從一個島到另一個島也都需要花上三到四天。

然而不論是哪一個島嶼，只要行駛到周圍，就會有很多的魚群。此外，海鳥——信天翁更是成群飛翔，鯊魚也相當容易捕獲。但是，漁獲即使再豐收，我們也不能在一座島上磋跎得太久。這趟航行趕時間，我們必須早一點回去才行。所以連島上的調查工作都是草草的結束，再繼續我們的行程。

航程中第一次看到尼豪島。這座島嶼荒蕪蒼涼，到處都遍布著光禿禿的岩石，無人居住。但是由於很早以前曾經有過人煙，所以遺留下來由矮石牆所圍成，類似於是祭拜場的地方，以及大量的石像。從前的人乘船過來定居，所留下來的東西就像個博物館一樣，海鳥、魚群也很豐富。

接著看到的是，海底火山爆發的熔岩所形成的島嶼，上頭怪石嶙峋。島的尾端尖銳的矗立在海中，終年與浪濤進行搏鬥。

從大海席捲而來的碧波大軍，形成一列橫隊，遵守規則的保持間隔，一波又一波朝著岩石的城堡猛攻，奮不顧身的衝上前去。而它所發出的迴響，震撼了整座島嶼。雪白破碎的浪花，塌陷下來附著在岩石的底部。飛濺的水花，掩蓋了高聳的懸崖。熱帶的強烈日光直射在上頭，於懸崖的肩膀架上了一道七色彩虹。這場戰鬥永無休止，在永恆的歲月之中一再的上演。

船上的人們偶爾會親眼目睹這樣的情況，再次深深的體會到大自然的力量。同時，也會明白和大自然的力量相抗衡時，自己有多麼的渺小，這時候，意志力反而會因此而振作起來。

荒涼的岩山上四處分布著深邃而黝黑的洞窟。數不清的海鳥不斷發出詭異的鳴叫聲，在上方盤旋亂飛。在岩石上休息的海鳥，神態也充滿了警戒。這座島嶼的名字叫做內克，是一座無人島。

上午十點左右，我們開始海釣。今日鯊魚大豐收，一條接著一條不斷的釣起，全部都是大魚。把三公尺長的大鯊魚靈巧的拉到甲板上，光是看著也感覺痛快。但是，要把魚鉤從鯊魚的大嘴解下來的時候，手可得特別小心。當牠在甲板上翻滾時，腳也要特別的留意，絕對不可稍有大意。倘若被牠尖銳的牙齒咬到，無論是手或腳，都會被牠一口吞下肚。這個不管在體型上，還是凶性上，都已經不是釣魚可以形容了，根本像是在獵捕猛獸。

站在桅杆的底部，把堆在甲板上的鯊魚一一切下魚鰭的，是生於北海道國後島的漁夫——國後。他是個肩膀寬闊，手腳粗壯，有著圓圓臉蛋的小伙子。站在他對面，負責處理魚鰭的是歸化人小笠原。藍眼睛，留著落腮鬍的小笠原，今年五十五歲，是個老練的捕鯨人，他是這艘船上年紀最大的一個。年輕的船員都視他如父親，叫他「老爺子」。「小笠原老人」，是個真正的海上勇士。

國後看著這座島嶼說：

「老爺子，你看那座島，感覺很不簡單吔！」

「嗯，它不是一座尋常的島嶼，其實還有個關於它的故事。」

小笠原捏著魚鰭，凝視著島的方向。

這番話正好被經過的淺野、秋田兩個實習生聽到。兩個實習生才剛剛結束了上午在船長室裡的課程，抱著筆記和書本，正想回到船頭的艙房去。他們不時左閃右躲，偶爾跨越正在跳動的鯊魚，剛好走到一半的時候，聽到了這席話。

「老爺子，這種布滿了各種奇形怪石的小島，還有什麼典故嗎？」

「有啊！不過，你們年輕的學生還是不要聽比較好。」

淺野實習生伸過頭來：

「您快點告訴我嘛！我一定仔細聆聽的，這也是一種學習啊！船長經常都是這樣告訴我們。」

「說的也是，那我就說給你們聽吧！」

小笠原站起來，指著那座島。

「注意聽哦！那座山有八十四公尺高。雖然是一座無人島，但是卻留著古代人所住過的遺跡。最令人在意的是，那座山上排列了三十幾座墓碑呢！」

「三十幾座墓碑！」

「以前有艘外國船遇難了，船上的人紛紛飄流到這座無人島上來。他們住在岩窟裡長達七年，全都餓死了，後來才有了那些墓碑。」

淺野、秋田和國後，再次望向岩石山的頂端。

南海的熾烈陽光在岩塊上投射出惡魔般的影子，然後突然一陣旋風飛過其上，原來是海鳥群。

波浪的白牙一口一口噬咬著島嶼的邊緣。

故鄉遠在數千海里之外，想到在這無人孤島上化成三十幾座墓碑的人們，秋田實習生帶著感性的聲音說：

「都撐了七年了，最後卻還是餓死了……他們沒辦法釣魚嗎？」

這時候，突然間，有個人從後面拍了拍兩名學生的肩膀。兩人嚇了一跳，轉頭一看，是漁業長。

漁業長從口袋裡掏出幾片餅乾，向海面丟去。

飛翔在船身四周交纏在一起的海鳥們，突然間衝了過來，將餅乾一片不剩的叼住，興奮的吃下肚。

「為什麼要餵那些鳥呢？」

淺野實習生問道，漁業長以眼神指向那座島嶼：

「我是供奉給島上的墓。」

「但是，都被鳥兒搶走了。」

「就算被鳥吃掉，但心意也傳達到了。」

所有人都沉默了下來，靜靜的望著小島。

小笠原大著嗓門說：

「每個人最後的終點，都要躺進墳墓，這是天經地義的事。但是，這些人很偉大，他們努力支撐了七年啊！太了不起了。怎麼樣，年輕小伙子們，換作你們能撐得下去嗎？」

三個年輕人幾乎同一時間，

「當然能。就算是十年，我們也撐得下去。」

「我們船上的小伙子個個都有種。這樣子的話，我們老人也可以放心了。哇哈哈哈……。」

小笠原老人用爽朗的笑聲沖淡了哀傷的氣氛。

就在閒聊之中，船隻輕快的行駛，陰森森的岩山、怒濤拍打的回聲，不知不覺間從我們後方遠去，在海平面的彼端變得越來越小。但是，三十數座墳墓的故事，卻停留在三個年輕船員的心裡，久久無法散去。

雖然他們從來沒有想過，

——自己有一天也會遭遇到同樣的災難。

海龜之島，海鳥之島

現在，我們龍睡丸踢著浪花，沿著夏威夷群島向西北方航行。

某一天拂曉時分，眼前出現了一座礁島，那正是法國軍艦環礁（French Frigate Shoals）。法國軍艦環礁是個彎月形的大型珊瑚礁，這個珊瑚礁中分布著數個小砂島。我選了其中的一座砂島，將龍睡號停泊在一海里之外的海面上。

我想立刻派遣一隊人馬上島勘察，於是放下了漁船，帶著漁業長、水手和漁夫五個人，在砂島上岸。

漁船停靠在砂島旁，六個人一上岸便看見有許多黑色的龐然大物正在蠕動。走近一瞧，原來是有幾隻龜殼將近一公尺的綠蠵龜，正在緩緩的爬行。另外還有幾隻玳瑁混雜在其中。

「來得好！把牠們統統抓起來。」

大家從側邊把海龜翻過來，讓牠肚子朝天。

這麼一來，沉重的甲殼被壓在身體下，海龜只能不斷的擺動著牠的短腿和頭，想逃也逃不掉了。這種大海龜的頭，孔武有力，如果想從頭部把牠翻過來的話，得要三、四個大人一起使盡力氣才能辦到。但如果從尾部的話，只要一個人就能輕易翻過來。海龜的重量小則一百三十公斤，大的甚至可以重達兩百二十公斤。

我們把海龜放進畚箕裡，兩人一組將牠們抬到繫在海灘邊的漁船上。

大家看到海龜大豐收都很開心，於是一尾又一尾的運過來，海灘上的漁船不一會兒就載滿了翻肚的海龜，還因為乘載的太重，浪花都快打進船裡了。

漁業長大聲的嚷嚷：

「不要再抬了！堆了那麼多的海龜，船會被壓沉的。我們得分幾次運回母船才行。」

母船上，由我領軍，將所有留守在船上的人全都叫了出來，將漁船載運過來的海龜接過來。甲板上堆滿了翻著肚子的海龜，大家對於這趟探險滿載而歸，感到十分的滿意。

我船離開這座海龜的珊瑚礁島，繼續朝向西北方前進。接著駛過一座形狀是三角形，山頂雪白的島嶼附近。這座島名叫加德納島（Gardner Pinnacles），上頭草木不生，山頂的一片雪白其實是由鳥糞所堆積形成。

這座島的海鳥出奇的多，幾乎可以稱作是「鳥島」。放眼望去，成群飛翔的鳥兒把天空化成一片雪白，整座島彷彿降下了冰霜。

經過這座島之後的第二天，正好是中午左右，瞭望著海平面的瞭望員，在遙遠的海平面看到了一個物體，好像還長了兩、三根頭髮。那個是萊桑島。

那是座低矮的珊瑚礁島，白砂上長滿了翠綠的藤蔓和雜草，顯得非常美麗。兩棵椰子樹和一棵昌化櫪是這座島的特徵，也成為航海人很好辨認的標記。十幾年前，美國人運送了很多勞工渡海來此，大規模的採掘鳥糞運到夏威夷島，當作種植甘蔗的肥料。

島嶼四周的海上，有大量的魚類棲息。總之，因為有大量的魚群作為食物，所以鳥類也群集於在這個地方。

龍睡丸從檀香山出航之後，不知不覺已經過了一個月。到達里西安斯基無人島時，已經是五月中了。

我把船行駛到里西安斯基島附近，下了錨，在這裡檢查判斷船隻位置的精確時鐘和經線儀是否正確。我們用六分儀計算上午、正午、下午的太陽高度，計算地球的緯度和經度，查驗之後發現我們的經線儀是正確的。

里西安斯基島是座低矮的砂島，島上野草、矮灌木叢生，也有很多海鳥、海龜和魚群。海岸上躺著幾頭海豹，一副以島主自居的模樣，但一看到我們上岸的身影，便全都逃進海裡面去了。

這座島是以俄語命名，為了紀念西元一八〇五年，俄羅斯帆船發現這個島嶼，便以該船船長的名字為這座島命名。

調查過這座島之後，五月十七日，龍睡號再轉往西北方、夏威夷群島中最邊陲的小島——浮在水面上的中途島前進。

此時，龍睡號上乘載的食物有鯊魚千尾、綠蠵龜三百二十頭、玳瑁兩百頭和許多的海鳥。

在所有的海島中，又以信天翁的體型最大。牠的肉雖然可以食用，但是並不好吃。而信天翁的蛋也可以食用，大支的鳥羽可以用於西洋女帽的裝飾，至於胸口上的軟毛，則適合用來填塞女性大衣的內裡。其他的毛也能出口，當成枕頭、棉被裝填的材料。

信天翁從海面起飛的時候，若是有風吹來，牠們只要朝著風，將寬大的翅膀左右展開，就能絲毫不費力的輕飄飄浮上天空。但是沒風的時候，就得像其他鳥兒般不斷拍打翅膀，用腳划水，做出在水面快跑的姿勢，猛力飛起。

信天翁在陸地上行走、奔跑的動作十分笨拙，如果人從正面向牠走去，牠只會揮動翅膀，卻不知道躲避。如同日本人給牠取的名字「阿呆鳥」，輕而易舉就能被人抓到了。因此無人島上成群棲息的信天翁鳥群，轉眼間就被上岸的船員用粗棍子打昏捕到了。

總而言之，龍睡號這次收穫豐碩，而且也完成了對所有島嶼的調查，成績斐然。在中途島汲取了飲用水之後，接下來就要直接穿越大洋，回到日本去了。

龍睡號的所有成員都打起了精神。

珍珠與赫密斯環礁

揮別里西安斯基島，朝中途島出發的第二天，也就是十八日中午，我們在測量船的位置時，發現比預定的航線往北偏離了約二十海里。這一帶的海流一直往北走，潮水比預期中強大，所以船隻也就這樣被推離了航線。

如果要到中途島，必須穿過珍珠與赫密斯環礁南方才行。它是由一群小島和暗礁所組成的，如果一旦撞到了暗礁，將會十分的危險。因此，即使船被沖到更北方，只要在距離珍珠與赫密斯環礁最南方暗礁的十海里外通過就行了，於是就決定了船隻的航行方向。

龍睡號自檀香山啟航以後，將帆完全張開，承受著不停吹拂的東北信風，航行得好不輕快。

珍珠與赫密斯環礁是由幾個低矮珊瑚礁小島與一群暗礁所組成的，這些礁島散布在南北九海里半，東西十六海里的廣闊洋面，以前便流傳了許多關於船難的傳聞。其中之一便是——

西元一八二二年四月二十六日的晚上，英國有兩艘捕鯨帆船珍珠號和赫密斯號，同時擱淺在彼此相距十海里的小島上，船身破裂。後來這兩隻遇難船的船員聚集到一座島上，在無人島上開始生活。他們將兩艘毀損船隻的木材、木板和釘子拆卸下來，眾人合力建造了一艘約三十噸的小船，乘著它好不容易回到了夏威夷島。從那時候起，就用這兩艘船的船名——珍珠號和赫密斯號，作為這群珊瑚礁的名字，成為了珍珠與赫密斯環礁。

這兩艘捕鯨船是木造船，所以可以用破損船體的木材，重新建造一艘小船。如果是鐵殼船的話，可能就沒辦法造船回夏威夷了。而且，從前帆船的船員，個個都身手不凡，大致都能做些木工粗活。

龍睡號為了能安全通過珍珠與赫密斯環礁地帶，張開了船帆乘著滿滿的風，朝著中途島前進。

不久後，太陽下山，到了十八日晚間十點左右。突然間，連日來強盛吹拂的東北風，悄悄的靜止了，連一絲風也沒有。

依靠風力前進的帆船，一旦沒有了風，就無計可施了。這種時候下錨停泊，是最安全的做法。

我們測量了一下海的深度，準備下錨。結果海水相當深，測量到一百二十尋（二百一十九公尺）的深度，測深線[7]卻還沒到達海底。也就是說大海深度高達一百二十尋以上。

無可奈何之下，只好先讓船漂泊一陣子。船隨著潮流越漂越遠了。

不知不覺間，波浪的起伏越來越高，船身也開始大幅搖晃起來。黑暗幽深的大海像是在玩弄無法動彈的帆船一般，漸漸加大波幅，用力的晃動船身。

值班完，想要小憩一下或上床睡覺的人，全都被這番搖晃嚇得睡意全沒了。我不時跑上甲板注視著天空，想要看看起風了沒有。

就這樣，驚恐的夜晚結束了，來到十九日的清晨。昨天晚上風停止之後，天氣就開始轉變，烏雲覆蓋了天空，遮蔽了太陽。

只要有一點點陽光，就能測量太陽藉此確認船隻目前的位置。所以我準備好了六分儀，和大副兩個人專注地望著天空。沒有任何事比不知道我船所在的位置，更令人覺得恐怖的了。

於是，我也要求加強瞭望，叫兩個人爬上桅杆負責監看情況。兩個小時輪班一次，從早到晚不停的監看四周。

不論是站在桅杆上，或站在甲板上，大家都睜大了眼睛看著船四周的海平面，海平面是不是有看到島嶼？海的顏色是不是正在改變？有沒有海鳥成群飛過？只要看到這些異動，就要立刻通知我。但是他們卻什麼也沒有看見。

在這附近的熱帶海洋，天氣好的時候，從桅杆上瞭望整片海面，就能從水色的變化，

⑦測深線：船上一端懸有重錘，用以測量水深的繩索。

發現暗礁或是水淺的地方。最棒的一點是，太陽高於海平面，因此當光線從後方投射下來時，只有一點點浪花，也能夠分辨得出來。

海水的顏色粗略來區分，一公尺左右的淺水處是淡褐色。十尋到十五尋（十八公尺到二十七公尺）左右，是偏藍的綠色。海水越深，藍色便會越來越少，到了二十尋以上的深度，海水就變成了綠色。深於二十尋（三十六公尺）的深度，則是深綠色。三十尋（五十五公尺）以上的深度又會呈現出藍色，但會是藍黑色的那種藍。

此外，接近水面的暗礁，當遇上波濤時會激起白色的浪花，這點也很容易發現。而鳥類成群飛翔的下方常會有小島，這也是不言而喻的事實。雖然說鳥也會飛翔在魚群之上，但是從飛翔的姿態就能夠判別。當海鳥繞著圈圈盤旋的時候，下面就一定會有魚群。

不論如何，我們都把船錨準備好了，只要一到水淺的地方，就會立刻下錨。儘管知道海水很深，我們還是不時會去測量海的深度。然而測深線一直到不了海底，潮水的流速又很快，大家的心裡都很忐忑不安，不知道接下來的命運會是如何。

十九日就在恐懼與不愉快之中度過了。

瞄準暗礁

夜空中一顆星星也沒有。白天，滲出黑色的藍色海洋湧起又沉下。搖晃船身的大浪，在漆黑的夜海中變得更為巨大，上下飄浮著，不知到底要把船推到什麼地方去。

我們像被大自然無形的繩索給綑綁住，船隻與船員們都束手無策，只能任由潮流擺布。浪濤像是在訕笑人類的軟弱，一再搖晃著船身。這種時候身為船長心中的煎熬，就算說得再多，沒有經驗的人又怎麼能夠了解呢？

船內報時的半夜時鐘，鏘鏘鏘的敲了八聲。這八聲鐘鳴響完之後，就代表到了二十日的零點。

大約過了一個鐘頭，我離開自己的房間，走到船尾甲板去找大副。

「真是傷腦筋，完全沒有要起風的跡象。不論如何，我們再繼續測量水深看看。」

我這麼說著，站在一旁測量深度的水手，以顫抖的聲音報告：

「一百二十尋測深線到底了。」

一聽到這句話，我立刻大聲吼道：

「全體就準備位置！」

接著把所有休息的人叫起來，進入非常警戒狀態。

我讓水手立刻再測量水深，得到了「六十尋！」（一百零九公尺）的報告。

一百二十尋突然變成只有六十尋的淺度。這是船已經接近珍珠與赫密斯環礁的證明。珍珠與赫密斯環礁是陡峭直立的岩石，宛如屏風一般從深海海底聳立而上。由於它的頭部只稍稍露出海面，所以即使岩塊的半海里之外，也只有六十尋的深度。

船已經逃不掉被推向珍珠與赫密斯環礁的命運了。再漂到更淺一點的地方，就必須立刻下錨，就算海底是砂石、岩塊都不管了。我下令：

「準備下錨！」

接著，就只聽到測量水深的水手喊道：

「四十尋！」

「三十尋！」

水變淺的速度非常快，船一秒一秒的朝暗礁處漂過去。

「二十尋！」（三十六公尺）

礁石已經迫在眉睫了，我下達命令：

「右舷下錨！」

撲通。卡啦卡啦卡啦……右舷的錨從船頭滑落海中，連接船錨的鍊條滑動的聲音，聽起來與平常不太一樣。狀況千鈞一髮。

然而，因為海底是岩層，錨爪無法固定。船隻卡啦卡啦地拖動船錨，繼續漂流著。

撲上淺海岩塊而激起的波浪，與外海方向所湧入的波浪，肯定讓深夜的大海激盪澎湃吧！船身的擺動太過激烈了，導致甲板上的作業都無法進行。

「錨定著了！」

水手用快喊破喉嚨的音量，大聲報告。然而船身沒有被錨拉住，還是朝著暗礁直直的漂過去。危險了！

「左舷下錨！」我立刻下令，左舷的錨也投出去了。兩個錨終於牢牢的勾住海底和岩石，錨鍊也緊緊繃著。

此刻，大副和水手長站在船頭看管船錨，船長我則在船尾甲板上指揮調度。帆船上沒有船橋，指揮者為了隨時觀測吹動船帆的風向，以便下達指令，一般都會站在船尾。

錨爪勾住海底，牢牢的固定住了。錨鍊若是繃緊的話，船頭就會被錨鍊固定，便不會再流動了。然而船尾的部分卻朝著某一個方向開始打轉，不久之後整艘船又筆直的朝向錨的方向，呈現停泊的狀態。但是，如此一來海浪拍擊船頭的力道，就和沖到岩石上一樣強大了。

「錨鍊到底了。」

大副大聲報告。

「了解了。」

我回答。心想總算可以暫時鬆一口氣了，但說時遲那時快——

砰——！

一個大浪打在船頭上。一大片海水如同海嘯般撞擊粉碎開來，船身猛然一晃。

刮——

底部一種滲透開來的聲響傳到了船體。

心中閃過「完蛋，錨鍊斷了」念頭的同時，果然就聽到一聲悲壯的報告：

「右舷錨鍊斷裂！」

我正想回應，霎時又再次「刮——」

船底輕輕回應了啵的聲音。我心想，啊！兩條都斷了。

「左舷也斷了！」

呻吟般的吶喊在船頭響起，這下慘了。

「全體注意，準備預備錨！」

我大聲的發令，這是最後的手段了。

「啊！」

耳邊只聽到吼——吼——的聲音。在伸手不見五指的黑暗中，什麼東西都看不見，只聽得到波浪與岩石奮鬥的聲音。

暗礁就在這附近。船身拖著於海底斷裂的錨鍊，被推擠朝向岩石的方向奮進，危險就近在眼前。糟了！再這樣下去，船體會撞上暗礁，變得四分五裂。然後，沉沒——。

現在船的命運全都繫在那個緊急備用的預備錨上。全體船員冒著危險，死命的為預備錨做好準備。

還沒有在小船上經歷驚濤駭浪的你們，恐怕無法想像那是什麼光景吧！更何況，四周一片漆黑，完全看不見任何東西。那是夜裡一點多，接近兩點的時候。

力道強勁的深海巨浪，使盡全力撞擊海面稍稍露出來的暗礁，然後反彈回來，與一波接著一波，不斷間隔湧來的浪頭互相的碰撞、混亂的震盪，形成三角波海浪瘋狂亂竄，然後又形成了更大的波濤，洶湧而來。浪濤們一起合力，將船搖來擺去。如果以言語形容的

話，那就是

狂舞而來的波浪，猛烈的晃動著帆船——

怒濤將船隻蹂躪殆盡——

大概是這麼一回事。不過，實際的情形，絕非筆墨可以形容的。

話先說在前頭。這種大浪並不是暴風雨時猛烈的巨浪。那天的天氣很穩定，也沒有颳風。但上下起伏的猛浪不斷的襲來，激烈的拍打在暗礁上。

所有船員拚了老命的進行預備錨的準備作業。但甲板前後左右的劇烈傾斜，如果不抓住東西，根本就無法站立。

而且，雖然剛才丟下去的右舷和左舷錨，在船頭的左右邊還各放置了一個，準備隨時備用。但預備用的大錨，牢牢的綁在接近船頭的甲板上。不管多大的浪頭打上來，也不會被波浪給捲走，不管船怎麼搖擺，它還是不動如山。如果連這個錨都移動了的話，肯定是甲板上出現了一個大窟窿。

我們解開綁住預備錨的小鐵鍊和繩索，繫上粗錨索，準備丟進海裡。這些作業可不能有絲毫的疏失。因為預備錨伴隨著船體的激烈擺動，只要稍一滑動，就可能會折斷作業人員的手腳，造成傷害。

於是，老練的水手長、不論面對什麼危險，都從無懼色的大副、本事高超的水手等四個人，在油燈光線的照射下，都一臉嚴肅的準備著預備錨。其他的人則是拉起了粗大的錨索。

吼——吼——，波浪打在岩石上的聲音，顯得越來越大聲。

「啊，看到白色的碎浪了！」

「那礁岩就在附近了！」

已經來不及了嗎——船拖行著垂在海底的長鐵鍊，因而船頭轉向拍打而來的波浪，往後方漂流。

大浪把船頭嘩一聲的拱起，接著波浪通過了船尾部分，船尾也忽然間被拱起，船頭立刻向前傾倒。

吧茲、吧茲，咚——

驚人的巨響從船底傳來，甲板上的人瞬間差點跌倒。

「撞船了！」

岩石從船底擦過，甲板猛然向上抬起。連接幫浦和水槽的管子也因為被岩石刮到而抬高，進而從甲板飛出去。與此同時，大海浪首次衝撞這艘不能動彈的帆船。

咚——唰——

如高山一般的海水崩落到甲板，讓衝擊的力量將所有遇到的阻礙擊碎，然後又像瀑布似的自甲板傾瀉而下。於是，被破壞的物體一個不剩的被沖洗殆盡。狂暴的巨浪無止無盡的襲擊而來。

已經沒辦法準備預備錨了。終於，我們擱淺在珍珠與赫密斯環礁的一個暗礁上。距離黎明還遠的午夜兩點，船隻的命數已定。

翹首盼來的黎明

我們的龍睡號被沖上了暗礁。但是，由於岩石卡住了船底，船頭朝向浪來的方向，所以船體還不至於馬上會破裂沉沒。本來船隻就是依賴船頭破浪前進，才能向前航行。所以船頭都會被打造得比較堅固，善於劃開浪頭。

因此，我首先判斷船身可以挺到天亮。如果，海浪是從船側的方向襲來，可能立刻就會支離破碎了吧！

我在漆黑一片的甲板上，將所有船員召集過來宣布：

「我想各位平時就對這種狀況作好了心理準備。要在這黑暗之中，游過狂暴洶湧的波濤上岸，只是去白白送命。所以要等到天亮之後我們再上岸，只要忍耐三個小時就行了。趁著這段時間，我們要盡可能的把未來五年或十年無人島上生活所需要的一切物品，統統收集起來。」

承受著從頭頂澆灌而下的白浪，我勉強站在甲板說了這句話。然後大聲命令道：

「漁夫四人，保護漁船，把它綁緊。千萬不能被海浪捲走。」

「水手四人，保護舢舨，舢舨是我們賴以維生的工具。水手長，你要把舢舨顧好。」

「漁業長。就算我們能安全上岸，但依照這海浪的凶險程度，也很難把充足的糧食搬上去。所以漁具很重要，要盡可能的多收集一點，準備帶上岸。」

「榊原大副，你先去找齊掘井的工具。鏟子、鶴嘴鋤，這兩樣一定要帶。火柴、望遠鏡、鋸子、斧頭也絕對不能少。」

「實習生和會員們上了島之後，可能要過好幾年的無人島生活。如果只是平安的得救，我們就沒有顏面去面對日本國人了。所以你們必須繼續完成你們期望的學業，去盡可能的收集書本吧！船長室裡的書全都帶上。六分儀、經線儀也是。準備好了嗎？大家立刻都動起來！」

當船撞上礁岩的那一刻，船內的燈火也全部熄滅了。因為撞上岩石的力道太劇烈，室內書櫃、架子上的書全都飛了出來，各種器具也都摔落在地上，艙房的地板和甲板上凌亂不堪。

油燈點了立刻又熄滅。雖然沒有風，但浪花飛沫不斷淋在火上，燒熄了火苗。大家在黑暗中，淋著兜頭而下的海水，摸索著收集物品。

在波浪的沖刷下，船體一直發出嘎吱嘎吱的詭異聲響。大浪每次一襲來，一定會打壞某些地方，並且將一些物品沖走。

為了怕海浪把漁船沖走，四個漁夫緊緊的綁住它。但沒想到只是一個大浪沖過來，便嘩的一聲把漁船打得粉碎，連個小碎片都不剩。不過保護漁船的漁夫們真不愧是經歷過無數次濤天巨浪的勇士，他們全員平安無事，沒有人受傷。

我向大家下達命令之後，便立刻直奔回船長室，將必要的書籍捆成一落，用包袱巾包好，放在床上。然後一直待在甲板指揮作業。大浪從右舷打上來，沖破了船長室的門，通到左舷去。把船長室內的物品，全都洗劫一空。不論是航海圖、水路誌、羅盤，全都被攫走了。

只有一艘舢舨沒有被海浪捲走，它是我們的命根子。只有它，無論如何都不能夠失去。

我們要集合全體船員之力，來保護這艘舢舨船。

即使在這種危急存亡的時刻，我們十六名船員們仍然冷靜應對，尤其是小笠原老人，他一面鼓勵著年輕人，也一面著手上岸的準備。

這一夜，時間顯得特別的漫長，黎明彷彿遙遙無期。神啊，請快點天亮吧！——我們一邊淋著海浪，一邊在心裡這麼祈禱。

出生在小笠原島的歸化人範多問我：

「島上有水可喝嗎？」

我的心裡沉了一下。小小的珊瑚礁應該是不可能有淡水的，但是我們費了好大的一番工夫才登到島上，假如沒有維繫生命的淡水，那大家將會多麼的失望。

「會有水的。」

我回答。明知這是個謊言，但經過再三的考慮，呆了半晌以後還是這麼回答。

總之，再忍耐一、兩個小時，天就要亮了。希望船體有辦法承受浪擊到那個時候。

每當大浪襲來，船身就劈里啪啦的顫抖。鋪在甲板上的木板從縫隙裂開，一片片木板扭曲變形，變得難以通行。桅杆也搖搖晃晃的鬆動了，不知何時將會倒下。

「大家注意帆桁啊！」

大副出聲提醒。

舢舨和人被浪捲走

可能神明聽到了我的祈禱吧！夜色終於漸漸轉白，在曙光之中才看出真的都是暗礁。礁岩綿延到遙遠的地方去，怒濤濺起了無數的水花。

離船約莫百公尺遠的地方，有塊相當大的平坦岩塊，露出水面。但洶湧的大浪在那個岩塊與船之間猛烈的翻騰。

「應該可以看見小島了，爬上帆桁去瞧瞧。」

有兩個人爬上了垂垂欲墜的桅杆，但因為被晨靄遮住了，所以還是看不見島嶼。

我憑著海圖和水路誌的印象，對所有人說：

「沒看到島。所以我們得先爬到鄰近的那塊岩石上，然後再尋找島嶼的位置。船長我最後上岸，但是萬一船長沒有辦法上岸，你們一起從這裡往北方走，一定會遇到小島的。

那個島上如果沒有水，就往西北方的下一個島嶼前進。那裡就是中途島了。」

「好，要登陸了。大家做好準備，別忘了該帶出來的物品。你們要盡可能的把所有衣服穿在身上。冬裝和夏裝都穿著，襪子和鞋子也都要穿。戴上帽子，然後用手帕或毛巾把整張臉包起來。可以當作帶子的東西，不管有幾條都行，全都綁在身上，還有，別把傑克刀（水手用的小刀）弄掉了。」

所有人都穿得像個愛斯基摩人，那是因為未來不能沒有這些衣服，而且當經過被濤天駭浪所沖刷的珊瑚礁時，就算不慎被海浪沖倒了，也不會受傷。

「放下舢舨！」

聽到等待已久的號令，眾人彷彿剛剛才發生似的緊張了起來。維繫全體性命的唯一一艘舢舨，不管發生什麼事，都必須把它安全的降到海面。如果舢舨被海浪給捲走了，那我們十六個人，就真的連一個人都沒有得救的希望了。每個人都有這樣的心理準備，這真是賭命一樣的嚴肅事情，放下舢舨是件關乎十六條人命能不能得救的大事。

大浪源源不絕的襲來，我們必須看準大浪退去的空隙，僅僅在短短的一瞬間，便一齊卯足了勁將舢舨船放下。因為萬一沒抓準時機，讓大浪把舢舨抬起來，撞上母船的舷側，那麼舢舨一定會應聲裂成碎片。此外若是被吞入海中，那就全完了。

因此，為了平息這樣的大浪，我們要先倒油下去。

在大風大浪的時候，船隻經常會倒油止浪。當油水在海面擴散之後，原本洶湧瘋狂般的海浪，就會突然間平息下來。

看著驚濤駭浪，就像成千上萬匹馬兒般，翻動著雪白的鬃毛，一波接著一波的瘋狂奔馳著。如果在其中倒入了油，白色的鬃毛便會隱沒起來，成為只有上下起伏的大浪。從很久以前開始，航行世界各國的船員，都知道油可以澆弱海浪的氣勢。

這個祕訣是由一艘捕鯨船所發現的，那艘船遭受到大風浪的戲弄無計可施，眼看就要翻船之際，船的搖晃突然和緩了下來，海浪也不再拍打上來了。船員們覺得不可思議的查看四周，發現到附近漂來了一條死掉的鯨魚，發現原來是從鯨魚體內流出來的油，讓海浪平靜了下來，他們因此知道原來油有平息海浪的功能。而且，只要一點點就夠了。僅僅一小滴油，就能讓兩平方公尺的海面靜止下來。如果想讓母船四周的海浪平靜，以便放下舢舨，那麼只要在一小時之內一滴一滴的倒入約〇．五公升的油就行了。根據學者的說法，那油將會漸漸擴散，形成一層薄薄的膜，厚度只有一釐米的兩百萬分之一，幾乎令人難以想像。而這樣就能夠包覆住海面，平息波浪。

所以，龍睡號的船員決定用油來平息這場狂暴的風浪。

我們在燈油桶倒入海龜和鯊魚的油，在桶子上鑽上幾個小洞，丟了兩、三罐下去海裡。但是對於在礁岩旁洶湧翻騰的大浪，那些油完全沒有發揮作用。

終於，等大副和水手長坐進舢舨裡，眾人就將舢舨吊掛在滑輪的繩索上，準備將它放下。

看準了波浪退回去的間隙，終於，我們將它放到了水面上。

剎那間，怒濤便如高山一般撲上來。只不過才一個浪頭，眨眼之間，便連人帶舢舨全都不見了。

之後，海面只剩一波波驚人的白浪不斷的湧起。

所有的人同一時間全部臉色大變，我們賴以為生的舢舨已經被波浪吞噬。而大家最信任的師長——大副與水手長，也都淹沒在波浪中。看來，我們這些人也將性命不保了。

身為船長，我早就有所覺悟，當然其他的船員一定也是這麼想的。周遭每個人一句話也沒說，全都一身濕透，鐵青著臉。

龍睡號和舢舨的命運相同，難道我們就這麼死在這裡嗎？大家凝視著滾滾波濤，沉默不語。

一秒，兩秒，三秒。

「哦！」

「啊！」

「哇！」

突然間，兩、三個人發出了驚呼聲。還有人指著礁岩的方向，嘴巴一張一合的說不出話來。我仔細一看，原來在遠方海浪之上，露出一塊一、兩公尺高的矮岩，我們的舢舨不是正倒栽蔥似的靠在上面嗎？

欸！還有兩個黑色的頭，從白浪裡浮了起來。

太好了！兩個人都爬上了礁岩。

波浪不斷發出可怕的怒吼，他們不論怎麼用力的呼喊，都沒有辦法傳到一百公尺以外的我們船上。但還是比手劃腳的告訴我們，他們兩個人都平安無事，舢舨也都沒有問題。

「萬歲！」

大家不禁高興得大聲歡呼。

「啊，太好了！」

大家互相對望，彼此都鬆了口氣。

白浪上走鋼索

由此可知，我們無法靠著舢舨划上岸。

所以我們把圓形的救生圈綁上了細長的繩子放進海裡，讓它順著往礁岩方向的潮水，漂流到岩石邊。

礁岩上的兩個人撈起救生圈。這麼一來，礁岩與船隻之間便有細繩子相連。

船上立刻將以馬尼拉麻製成的粗繩，與細繩打結連接起來，把繩索的長度加長，再讓礁岩那邊的人勾回去。

於是現在有一條堅固的馬尼拉麻繩，連結在船隻與礁岩之間。兩人將馬尼拉麻繩的一端綁在礁岩上。而帆船的這邊則把鬆弛的繩子一下一下的拉過來，拉緊之後也固定在船上。

我們要把這條粗麻繩，當成麻繩便道。這條粗麻繩成為了我們爬上礁岩的保命繩。

接下來，我們讓這條繩道繞上另一條牢固的繩子，做成了一個繩圈，用來垂吊人。另外又拿來了一條長繩，把圓環繫在繩子的中間。一端送往礁岩上，另一端則固定在船上。

這麼一來，礁岩與帆船之間就連接了兩條繩索。一條是兩端都綁得很緊的繩道，另一條則是嵌在繩道上，方便移動環繩用的交通繩。在岩石上將這個交通繩一拉，而船隻的那邊慢慢放繩子的話，繩圈就會滑過繩道，往岩石的方向前進。而船上將交通繩勾過來，礁岩那邊放開繩子的話，繩圈就會朝著船的方向走。

船上和礁岩兩邊輪流試拉這條連在繩圈上的交通繩，測試的結果相當理想。應該可以靠它把所有的人都送到礁岩上。

因此，首先讓年紀最小的漁夫國後坐上繩圈，用繩索將他結實的身體綁在繩圈上。他用雙手攀著繩環，臉朝向岩石的方向。

船上的眾人慢慢放鬆交通繩，而岩石上的大副和水手長則嘿咻、嘿咻的開始把交通繩拉過去。

但是，繩道的繩子太長了。而且一頭綁在矮岩石上，另一頭也沒有綁在帆船的高處，所以無論繩子綳得有多緊，繩道的中央還是會因為繩索的重量往下垂，浸泡在海水當中。而掛在繩道的繩圈，也會因為綁住輸送的人體重量，使得繩道垂得更低了。

國後漁夫一離開船身，立刻就浸到了洶湧的海浪之中。不過，他靜靜的忍耐，因為只要攀住了繩圈，就一定能被拉到礁岩上。運氣不好的話，可能會吃好幾口海水，在水比較淺的地方，身體也會好幾次撞到海底的岩石。可是，這種方法怎麼樣還是比游泳安全。只要繩道和交通繩不要斷裂，就不會有性命的危險。

國後在波浪之間，時而隱沒又時而出現，漸漸的離船越來越遠。不久後，就被拉繩索的大副和水手長合力拉到了礁岩上。國後從繩圈上解下繩子，站在石頭上高舉著雙臂。看來，以繩道將人渡送過去是可行的辦法。

在船的這一邊，我們又拉住了交通繩，將繩圈拉回來。這次要把最年長的小笠原老人給送過去。

「拉過去！」

我打了手勢，礁岩上的三個人「哦！」的回應了一聲，便使勁的拉起了交通繩。才一眨眼的工夫，又一個人過去了。

就這樣，除了我之外，其他的十五個人都平安在礁岩集合。以繩道渡人的方法已經不用擔心了，接下來就是要把必需品給搬上陸地。獨自留在船上的我比出手勢：

「來個人回來船上！」

第一個下海的是大副，他立刻隨著我拉的繩索回來。接著是水手長和健壯的會員川口、游泳高手歸化人父島，都陸續的回到了船上。我們把手邊會飄浮的東西都丟進海裡，很快的這些東西就會飄流到礁岩邊。礁岩上的人等它一靠近，再一一撿撈起來，放在岩台的正中央，以免被海浪沖跑。因此，會飄浮的物品不需要用繩道運送。

接下來，要準備運送糧食。可是靠近船底的糧倉已經完全浸泡在海水中，無法進入。廚房裡還有一袋米，那是輪值煮飯的人，在前一天晚上為了準備早餐，從下面扛上來的。因此，我們得想一下如何不弄濕它，而能運到礁岩上的方法。

先把米袋原封不動的用兩條毛毯包裹，上面再包一層雨衣。放進木頭製的米桶裡，再把蓋子牢牢封緊。最後，塗上一層防水的油，用帆布再包上一層，綁在繩索上丟進海裡。

它很順利的漂流到礁岩旁邊，沒有被浸濕。

接下來，我們又找出了一袋潮濕的米，但已經沒有可以盛裝的箱子了。因此，為了怕米袋破裂，我們先用帆布包覆起來，綁在繩索上頭，再把它與兩個空燈油桶綁在一起。空桶子口先用破布塞住，把它當成米袋的浮筒。然後，在口裡叨念著：「請讓它順利到達礁岩那邊。」投入海中之後，它果然一如期望的，快速的漂流到礁岩附近。因此可以知道，兩個空燈油桶具有浮起一袋潮濕米袋的浮力。

我們船上的五個人因此而精神大振。

「好極了，來收集燈油桶吧！」

大家分頭在各個角落尋找燈油桶。為了儲存海龜和鯊魚油，船上存放了很多的燈油桶。我們把各種各樣的物品，都綁在燈油桶上，丟進海中運送到礁岩那邊去。掘井用的鶴嘴鋤、鏟子，以及鋸子、斧頭、望遠鏡、毛毯、船帆與帆布、大量的繩索、廚房裡搬出來的食材等等，燈油桶全都幫我們遞送到岩石上去。

但是，也有一些物品在中途掉落，只有油桶順利的到達，像是斧頭、鍋子都是。每樣用具都是孤島上生活不可缺少的物品，大家因此感到相當失望。

父島一再潛水到糧倉裡，把裝有罐頭的木箱給拖出來。他喜歡吃甜食，所以最先拿出來的是一箱煉乳，其中用剩的還有二十八罐。第二趟潛下去，搬了牛肉罐頭木箱，還有一些羊肉罐頭、水果罐頭。他一邊摸索著，把裝了罐頭的沉重木箱，使盡全力的搬出來。這些貴重的食物，後來也都安全的送到了對岸。

至於漁具，都是漁業長好不容易收集起來的，但一個不小心，全都被大浪給捲走了，大家看了不禁哀嘆不已。

當作船上貨物運輸站的礁岩，體積自然比船還要大。岩石面對船隻的方向，波濤洶湧，海水激起了白色泡沫，不斷的飛濺水花，彷彿想攀上岩石去。但是在相反的岩石背面，卻因為有了岩塊當成防波堤，水面顯得十分的平靜。岩石裡外的海水變化實在是令人驚訝，對我們十六人而言，岩石背面的水面，是個很好的避風港。

大家把翻覆過來的舢舨扶起，舀出裡面的水，又把櫓和槳收拾整理，繫在岩背的港口上。放流過去的物品全都堆到了岩石上。

舢舨並不大，若是十六個人全坐上去就坐滿了，根本放不下其他東西。因此，我們決定搭建一條細長的三角筏來堆放物品。建造木筏的材料，就從船上一一拆下來送過去。把圓木、帆桁、木材、大木板、房間門等統統丟進海裡，浪潮就一下子的將它們送到岩石那邊去。礁岩上的人們撿拾起來，手腳俐落地在後面的港灣裡造起一艘三角筏。

隨著時間一分一秒的過去，帆船也漸漸被海浪拍打得殘破不堪。一直停留在船上面，假如太貪心的話，最終一定會危及性命的，該是放棄的時候了。況且，我還得去尋找往後漫長年歲裡能夠居住的島嶼呢！

我們五個人依依不捨的離開龍睡號，依序用繩道回到了礁岩上。

「全體集合！」

我叫大家在岩台上排好隊，報數，清查人員的狀況。全員都平安無事，沒有人受傷。我說：

「很不錯。在這麼大的海浪侵襲下，所有人連個擦傷都沒有，真的是老天保佑，這一定是我們將來能全體一起回日本的預兆。接下來，我們一起去島上，愉快的過日子吧！盡可能多學習新知。未來肯定會成為美好的回憶的。大家振作起精神，好好的大幹一場吧！就像先前我說過的，不論何時都要對未來抱持著希望。日本船員的字典裡，沒有『絕望』這兩個字。

「木筏先繫在這裡，貨物放在岩石上，接下來我們要坐著舢舨去尋找島嶼的位置。找到了小島，決定了棲身之處，我們再回來牽木筏。

「我們在舢舨上放了掘井工具、空油桶五、六個，罐頭一箱。另外把起風時可以充當帆用的帆布、當桅杆用的圓木，以及當柴薪用的木板統統堆上去，準備好了之後，便立刻出發。」

全員聽了我的訓示和勉勵，欣然地點點頭，開始為出發做準備。

準備的工作很快就完成了。

「舢舨準備完畢。」

大副大聲報告。

「出發！」

我一聲令下，搭載了十六個人的舢舨離開了岩石。

龍睡號啊，再會了

無風的清晨，我們划著舢舨，小心翼翼的在大海中的暗礁間繞行，爬上浪頭再滑下來，朝著北方前進。

當舢舨船被拱上浪尖時，就能看到廢棄的龍睡號。龍睡號也捨不得向我們告別吧！桅杆鬆垮的搖擺著，看來十分的可憐。從遠處看，龍睡號不斷承受著大浪的衝擊，白色的浪花隱沒了船身。但即使破損得那麼嚴重，它卻仍然勇敢的與波浪搏鬥，直到粉身碎骨，真令人捨不得。

「龍睡號，與你同生共死這麼久了，一起度過許多大風大浪。今天丟棄你，是因為我們十六個人必須為了國家好好的活下去。你可能會認為我們太無情，但是請你體諒我們的心意。而你的離去光榮而壯烈，絕非白白送命。再見了，我們要分別了——這應該是最後一次見到你了，再見——」

在心中如此祝禱的，應該不只有我這個船長吧！因為每個人的眼中都泛著淚光。

「它是條好船啊——」

「嗯，就要化為碎片了嗎？真可憐。」

「別哭了。」

「你不是也在哭嗎……。」

回頭、再回頭，舢舨船朝向北方，繼續的向前划。

舢舨上坐滿了人，所以不論是櫓或槳都划得很吃力。小笠原老人他很珍惜的帶著漂流到岩石邊的木碗和竹掃把桿。

「老人，你是要拿來做枴杖的嗎？」

有人這麼問。小笠原說：

「哈哈，不是枴杖哦！木碗也是一樣，大家都懷疑這些小玩意兒有什麼用。但是，越是不起眼的東西，到了緊急的時候，就越能發揮很大的作用。這就叫做社會歷練，你們年輕人不懂了吧，潮水的磨練還不夠呢！」

老人一如往常的用倚老賣老的口氣說完，就開始打起盹來了。

經過了多少時間呢？因為沒有時鐘，所以也不太清楚，只知道我們划了非常久。然而，卻一座島嶼也沒有看見。事實上，只過了不到兩個小時，我們並沒有划得太遠。主要是因為半夜的一番折騰，我們的心理都已經累壞了的緣故。

搖櫓的人、划槳的人都已經渴了，失去了平時的精神。但是舢舨上一滴飲用水也沒有，當龍睡號一頭撞上暗礁時，船上的清水槽就破了。

「應該要看到了才對。」

一位漁夫嘀咕著，小笠原勉勵道：

「一定會出現島嶼的，別擔心。」

經過了不久，歸化人範多擔心的問道：

「我們會不會正朝著沒有島的方向划行呢？假如划到一半肚子餓，那就麻煩了，還是調頭回去比較好。」

可是沒有人附和他。

船上的許多人都是真正的海上勇士。身上的衣服已經濕透，舢舨又擁擠不堪，身體動彈不得。只能蹲坐著，打起瞌睡來。

大家都沒把濕掉的衣服放在心上。因為在航海時，若是在甲板上執行任務，一旦遇上傾盆大雨，就會被淋成落湯雞。遇到了大風大浪，浪頭不斷的從頭頂灌下，更是全身都會濕透，就算穿著雨衣也沒有用。如果要換衣服的話，就永遠也換不完了，況且也沒有帶那麼多套換洗的衣物。所以常常輪值的工作結束，回到水手房間時，身體也還是濕的。

我鼓勵大家：

「再提起一些精神來，大家輪流划船吧！沒事的人趁著現在打個盹休息一下。等到上了小島，馬上就要開始忙碌了。」

「嘿喲、嗬喲、嗬啦嘿、喲沙……。」

交換的划槳手小聲的吆喝著，配合著吆喝聲抓到節拍搖著櫓和槳。這吆喝聲對打盹的夥伴來說，就像是懷念的搖籃曲一般愉悅。

大副站在船頭，用手遮著額頭往前看，目光銳利的發現海平面上的一個點，好像朦朧之中有些濃密的東西。

「那個！」

「是煙嗎？」

「是島嗎？」

「中了！快用力划！」

有好幾個人同時大叫，大家都站起來。「中了！」是漁夫們的用語，表示發現島了或抵達島上的意思。

我們發現的是個白沙的低矮小島。水面上的高度只有僅僅一公尺，一根草也沒有。面積只有一百公尺大小，是座迷你的小島。

砰！舢舨停靠上白沙灘，大家魚貫的朝向小島奔過去。這時，按太陽的位置，應該是正午左右。

一登上小島，南洋中午的大太陽立刻就把皮膚曬熱了。

為了慶祝到達了島嶼，我們很奢侈的開了一個水果罐頭，十六個人分著吃。大家的口都很渴，乾裂的嘴巴只能嚐到一片水果。但是罐頭水果帶了點酸味，勉強止住了口渴。光是這樣，大家便感到心滿意足。今後就要開始不知多少年的無人島生活了，小小的一片罐頭水果，已經算得上是豪華大餐。

我們繞行了小島一圈。畢竟是座小小的禿頂沙島，寸草不生，也是沒有任何生物會上來的島嶼。這裡實在不能住人，大家一時面面相覷。

「發現小島了！」

有個人大喊道。順著手指方向的海平面遠方，有座比現在站立之處大上三、四倍的島嶼，而且是個綠草如茵，海鳥盤旋的小島。不過，它看起來就像是在白色的海平面上，貼上了一層薄薄的黃瓜皮。

「太棒了！」

「就是它了，就是那座島！」

眾人精神為之大振，立刻跳上了舢舨，往目標的島嶼划去。

無人島生活

大家一起打赤膊

一登上岸，島上長滿了整片碧綠的草地，不過卻沒有樹木。最高處約為水面上四公尺左右，平均高度大約是兩公尺左右，這是一座珊瑚礁小島。成群的海鳥被我們上岸的身影給嚇了一跳，驚叫著在頭頂上左右亂飛。

「這個島很不錯呢！」

「如何？這片柔軟的青草，就像是張美麗的地毯呢！」

「沒錯，住在這種地方真是奢華。」

「這座島不會動耶，哈哈哈哈！」

好久沒有踏上陸地，大家都樂翻了，淨說些沒腦筋的話。不過，待辦的工作還堆積如山，時間很寶貴。

「全體集合！」

我走到集合的十五人面前。

「我決定在這座島上住下來。從現在起，我們開始全體總動員。」

榊原大副帶領四個划槳高手比較辛苦，先要划舢舨回到礁岩那邊，把貨物堆疊在三角筏上，一起載運過來。

井上水手長帶著四名擁有強健臂力的人，準備掘井。

鈴木漁業長則帶上四個人，快速的將島嶼巡視一圈，找出任何有用的物品。結束之後，便著手製作蒸餾水。

「全體進行工作之前，先把衣服都脫光了吧！光著身子在這裡生活。你們的衣服，除了身上穿的這些，連一件換洗的衣物都沒有。我們不知道要在這座島上生活幾年，所以衣服非常重要。而且也要考慮到冬天的需要，所以能脫光的季節就不要穿衣服了。大家把濕掉的衣服都脫下來，在工作之前攤開曬乾，然後摺好收起來。」

所有人立刻脫下衣服，打赤膊。

「衣服已經半乾了。」

「啊，真清爽。」

有人大力的擺動手腳。脫光衣服之後，身體的束縛沒了，肚子也突然有了飢餓感。這是當然的，因為大家今天都還沒吃早飯，午飯也只吃了一片罐頭水果。不過，我們也沒辦法準備晚飯，因為手上沒有工具、米和水，而且最重要的是要把握時間加緊工作才行。所以大家都忍著飢餓，迅速俐落的幹起活來。

舢舨組準備好了櫓和槳，便精神百倍的出發了。

「我們去去就回來。帶下船的用具和糧食，都會全部運過來。掘井的工作就麻煩你們了。」

掘井組這麼回答：

「交給你們了。我們會挖一口好井，準備好冰涼的清水等你們回來喝。」

生命之水

我們在島上最高處附近的一塊乾淨沙地上，使勁揮下第一道鶴嘴鋤，然後用鏟子把沙挖起來。不過掘井是個不簡單的粗活，在珊瑚礁質的堅硬地面，一鏟又一鏟的鏟出沙子，往下挖掘。一個個大男人赤裸的身體全是汗水，就好像剛淋過浴一般。嘴巴很渴，口腔裡也乾竭了，連聲音都發不出來。水啊，水啊，滿腦子想的都是水。就是為了找水，才會這麼努力的挖掘。掘井是最先難倒大家的工作。

「振作起來啊！這是十六個人的生命之水。待會兒就能喝到蒸餾水了。」

我心裡很清楚，在這種時候，千百句勉勵的話也不及一湯匙的蒸餾水來得有效，真想早點讓他們大口、大口的喝蒸餾水。但是，事情卻沒有這麼簡單。

快速巡邏過小島一圈的漁業長和小笠原等人，探勘之後回報：

「這座島嶼的面積約莫四千坪（約一百三十二公畝）。北邊有片一町（約一百一十公尺）長的沙灘，連接著一個突出的小島。小島大小有三百坪（約十公畝），那裡躺著約有三十頭小型海豹。我們怕驚擾到牠們，沒有走到那附近。

「飄流木有兩根，大概是二十年前遇難船隻的桅杆吧！材質是美國松所製成，有不少縱向的裂痕。還有四頭大海龜，我們把牠們翻過來了。除此之外，什麼都沒有了。」

「辛苦你們了，趕緊幫忙做蒸餾水吧！沒有飲用水，井沒辦法繼續挖下去。」

小笠原接下了製作蒸餾水的工作。

首先，用這附近的珊瑚礁塊和沙做成爐灶。

再用那個爐灶，把海水煮沸，擷取不含鹽份的純水。這個蒸餾水製造器是由三個油桶相疊製作而成的。

先在最下面的桶子倒入海水，將桶子的上方鋸開。

中間的桶子是空心的，底部穿鑿了許多的小洞。

而最上面的桶子，再倒入滿滿的海水。

最後，把三個桶子放在爐灶上，由它的下面生火。最下面油桶裡的海水煮開了之後，會在第二層空桶中不斷地累積水蒸氣。水蒸氣受到第三層的海水桶冷卻，會變成水滴落下來，流到第二層的桶子裡。第二層的桶子有稍微傾斜，所以累積的水，不會從水蒸氣孔流到下面的桶子裡，而會從竹掃把桿做成的管子流到外頭，最後再用木碗來盛接流出來的水。

製作蒸餾水需要用到柴薪。從舢舨帶來的木片並沒有那麼多，因此決定把探勘發現到的兩根大漂流木扛過來，劈成柴薪使用。

想要劈柴時卻沒有斧頭，因此，就用傑克刀削下木板，做成好幾支楔子，然後把它打進流木的裂縫裡頭。這樣直紋多又長的美國松，立刻就裂成兩半。

用這種方法劈好了柴薪，蒸餾水也在妥當處理之下，一滴一滴的流到了碗裡。但我們等不及累積到半碗，因為掘井的人無法再等了，所以只蒸餾了一點點，就趕緊讓他們吸兩口。其他人都還沒有機會喝到。

但是，掘井的人因為這一點水又產生了勇氣，能夠繼續往下挖，挖到大約四公尺深的地方湧出了水。

然而冒出來的水，卻像牛奶一樣呈現出乳白色，有一股鹹味，不能喝。

「不能用。」

話雖如此，但柴薪也只有兩根漂流木而已。製作蒸餾水需要用到大量的柴薪，而柴薪不能全用在製作蒸餾水上，還得用來煮飯燒菜。小小的木板也是十分的珍貴。

我們不知道要在這座島上住到何年何月，但無論如何，都必須挖出一口井來。就算把整個島都挖成了馬蜂窩，也必須挖到清水出來為止。這可不是開玩笑，因為一口井關乎了我們十六個人的性命。

「再加把勁吧！」

懷抱著極大的決心，開始挖第二口井。挖呀挖的，舔一口滴進碗裡的蒸餾水，再接著繼續挖。

這次，挖出了一口二公尺深的井。但是這口井裡的水也不能喝。水色白濁，味道鹹鹹的。掘井組個個累得筋疲力盡。

此時，舢舨組拉著三角筏，平安歸來了。

「辛苦你們了。我知道你們都累了，但是先跟掘井組交換一下。」

從舢舨下來的人們，立刻又開始投入挖井。太陽下山之前，又挖出一口深度兩公尺左右的井。含鹽量比之前兩個都少，只是再怎麼忍耐，它仍舊不是清水。

另一方面，今晚睡覺的地方也在轉眼間完成了。大家把三角筏拆下來，用小木板當作柱子，大布帆則拉開架成屋頂，還可以用來避風，如此就成了一頂有模有樣的帳篷。倉庫的帳篷就用來放從竹筏上卸下來的糧食和其他貨物。

天色變暗之後，眾人在帳篷底下集合。炊事值日生用島上的海龜做成了海鮮湯和燒肉。因為沒有水，所以沒辦法煮飯。早上和中午都空著肚子，忍著空腹工作了一整天，所以連「好吃」都來不及說，就把食物全吃光了。喝了蒸餾好的三分之一碗清水之後，立刻就覺得睏了。

「沒有燈，而且大家都累了。今天就好好的睡一覺，明天早上再來討論吧！晚安。」

「晚安。」

「晚安。」

眾人在帳篷中躺下。打赤膊過日子是島上生活的規則之一，因此就算睡覺也不用穿睡衣，或是蓋毛毯的。在沙灘上一躺下來，立刻就傳來一陣陣的鼾聲。自去年年底從日本出航以後，這是第一次在穩固不動的大地上睡覺。誰能料想到，我們此刻會睡在太平洋中央，像個芥籽般的無人島沙灘上呢？

在帳篷外，一片黑暗之中，我和榊原大副、鈴木漁業長、井上水手長三人小聲的討論井水的問題。

「這個島上可能沒有好的清水吧！但是不管怎麼樣，至少得挖出可以喝的水才行。榊原，你的看法怎麼樣？」

我說了這些話之後，大副考慮了一會才說：

「從這三個井可以知道，井挖得太深就出不了好水。也就是說跟海面太接近了，所以才會跑出鹽水來。挖淺一點也許比較好。」

漁業長也臨時想到：「很久以前，我因為缺水而停靠到一座島上，挖開樹木的根部附近，就會有清水流出來。或許在草根附近一帶，可能會冒出品質比較好的水。掘井組的水手長，你認為呢？」

水手長一副恍然大悟的模樣。

「今天開挖三個井都失敗，真是沒有面子。明天我們挖幾口比較淺的井，一定會有好水流出來的。剛挖的時候，水質雖然白濁，但放久一點，一定會變乾淨的。」

於是我說：

「是啊，井的深度、草的茂密程度，的確跟水質有關。草根會吸取純水，所以在草根附近，挖口淺一點的井應該會比較好吧！此外，下雨之後，雨水所匯流的地方，一定也會有純水的存在。然後因為這裡是珊瑚礁，石灰質較多。剛開始會是白色的水，但後來就會逐漸沉澱了。水手長，明天我們再開挖看看。跟你們談過之後，心裡也覺得放心不少。好了，快睡吧！」

「晚安。」

「晚安。」

光著身的十六個人，在這汪洋中的孤島上，熟睡的度過了第一個夜晚。

四個規定

五月二十一日，我們在島上迎接了第一個清晨。

起床時，全身上下都沾滿了沙。在這裡不需要整理寢具，而是要把背上、肚子上的沙子拍乾淨。不用洗臉，直接跳到海裡洗身體就行了。當然，也不需要毛巾。

眾人一同往西偏北的方向遙望日本，感謝神明保佑我們十六個人，能平安的迎接無人島上的清晨。

接著我決定了今天的輪值表。掘井、製作蒸餾水、劈柴、炊事、整理貨物等等。

掘井組在他們相中的地點，淺淺的挖掘了一下，然後把油桶底部鑽了洞之後埋進去，再以堆沙固定，讓它不會倒下。井裡的水會從油桶裡湧上來，儲存在桶子中。果真如預期的那樣，那個水雖然有點鹹，但還喝得下去。真是太好了！應該可以將就著喝。我們把這些水摻入一半的蒸餾水，混合著喝。
早飯是海龜燒肉和海鮮湯。吃完飯以後，我向大家宣布：
「從今天起，我們就要在這座島上生活了。一開始最重要，所以我想跟你們先約定好。
一、用島上取得的東西生活。
二、不討論做不到的事情。
三、生活要保持規律。
四、保持心情愉快。
目前，這四點要請大家嚴格遵守。」
眾人欣然的點頭答應。榊原大副代表其他人說：
「我們一定會遵守這些約定。」
然後他轉向全體繼續報告，大副他是糧食組組長：

「關於一天三餐，我們不能天天吃米飯。正如大家所知道的，我們只剩兩袋米了，必須盡可能延長吃完它的時間。所以我希望十六個人一天只吃兩杯米，如此一來，預計應該可以撐到明年二、三月的時候。我們也不能常常做米粥，所以，只能把米湯煮得多一點，一天喝三次。其他時候，就用龜肉和魚肉來果腹。你們覺得如何？還有沒有別的好點子？如果有的話，不用客氣儘管說。」

水手長第一個舉手。

「全部交給大副你決定吧！」

眾人也都點點頭。

「那麼，漁業長，就麻煩你捕魚和海龜了。」

大副一說完，小笠原就看著漁業長的臉，咧嘴一笑，習慣性的拍拍自己的手臂。

「有我老頭子在，絕對不會餓著大家的。」

這句話真是振奮人心。

負責處理貨物的人，正在整理物品，他們把衣服、毛毯、繩子、帆布等拿出來曬太陽。

有的收拾搭竹筏用的圓木和木板，有的則好好清洗舢舨之後，再拖上岸。所有人都各自忙於自己的差事。

心的基石

大家在潔白的沙灘上睡得很安穩。五月二十二日，無人島生活的第二天，我一大早就醒來了。

我靜靜的起身，接著把大副、漁業長和水手長三人悄悄的搖醒，四個人躡手躡腳的出了帳篷。

拂曉的天空，星光閃爍，島嶼和海洋仍然陰暗無光。我立刻跳進海裡，將海水淋在身上洗淨身體。跟在後面的三個人，也沉默的依樣畫葫蘆，洗起了海水浴。

沐浴完之後，四個人深呼吸一口氣，面對西北的日本方向，恭敬的朝拜神明。然後，走到小島的中央，四個人盤腿坐在草地上。

我坦率的說出自己的決定：

「以前漂流到無人島上的船員們，發生了種種不幸，最後客死異地，成為了島上亡魂。他們會死去的原因，大多是因為絕望，認為自己再也無法回到出生的故鄉。我很擔心這一點。現在在這座島上的夥伴，雖然都是精挑細選、名副其實的海上勇士。但是只要有一個人突然有點膽怯，就會出問題了。大家絕對不能各有各的想法。從今天開始，我們十六個人必須在嚴格的規律下，團結一心，隨時都抱持著堅強的信念，而且愉快的、像個男子漢的、毫無愧疚的度過每一天。然後，我們也必須抱著像在一間偉大的教室或道場裡的心情來生活。在這座島上生活的期間，我想好好的指導這些年輕人。想要聽聽你們三個人的意見，所以才這麼早把你們叫醒。」

大副說：

「我很了解你的想法，其實我也深有同感。未來我想成為這間教室的教練，認真的教導他們。如果只是在島上吃海龜和魚，什麼也不做的活著，那跟海豹也沒有什麼差別。在島上的期間，我們彼此都要活出日本人的志氣，努力的學習，將來才能夠為國家效力。」

漁業長也說：

「我也和船長思考同樣的事情。我以前遭遇過三次大災難，幾乎全是九死一生的場面。在大風浪之中桅杆折斷，漂流到海上。也曾經搭船時與其他船隻衝撞，因而沉沒。在千島的時候，我們的船還曾經擱淺在暗礁。每一次都吃足了苦頭，不過我也從中領悟到很多事情，這些都成為了珍貴的學問。今後還不知道要在這裡待上多久，我會盡我最大的努力，希望對這些年輕人有所幫助。」

最後的結尾，水手長很有禮貌的一鞠躬之後，才開始說道：

「我對學問雖然一無所知。不過好幾次遇到命在旦夕的時刻，最後都平安度過了。雖然其中的道理我不太懂，但如果是實際的事務，我大概都能夠順利完成。只要活下去，一定能從這座無人島上獲救的。我會鼓勵年輕人不要喪志，無論遇到多麼艱難、痛苦的事情，每天也要用期待未來的心情，愉快的過日子。我也會站在最前面，只要有勞力和本領用得上的地方，我都願意努力。」

他說的話十分誠懇。對他平日性格十分了解的我，聽了之後感動不已。

在如今這種處境，能得到他們三位真誠的支持，我由衷的覺得感謝。

三個人的話為我的內心奠定了基石，也決定了我們該走的道路。等我們四個人站起來時，東方的海平面已經逐漸明亮，海鳥在頭頂上飛翔鳴叫。

我在心裡發誓，從這一刻開始，無論發生什麼事，都絕對不會生氣，也絕對不會責備人、罵人。因為我要讓大家隨時都能保持愉快的心情，而責罵只會成為阻礙罷了。

生火

從這一天的下午開始，停止製造蒸餾水了。因為製造蒸餾水所需要的柴薪，實在是多得嚇人。前面也說過，柴薪只有兩支漂流木而已，必須珍惜的使用它。

為了不再對蒸餾水有半分留戀，我們把爐灶徹底拆乾淨。於是，全體只能飲用帶點鹹味的井水。

當然，我們也準備下雨的時候，儲存雨水來飲用。我們把帳篷往下摺彎，讓落在屋頂的雨水可以流進空油桶裡。後來因為經常下雨，因而儲存了不少雨水。

雖然一方面儲存雨水花了不少心思，但同時為了怕雨水流進帳篷裡，所以也在帳篷中堆起了沙堆，又挖了溝渠引導水流出。花費了一天的時間，為住房和倉庫的帳篷做好了避雨工程。

一天三餐的炊事都需要用到柴薪，假如不節省使用，很快就會用完了。因此，我們把吃剩的魚骨、龜甲收集起來，當作柴薪來燒。一頭大型海龜的殼用做一天的炊事剛剛好，把它曬乾後浸泡在油裡，之後會燒得很旺。

生火用的火柴存量並不多。但我們未來的五年，甚至十年都必須用到它，所以暫時先收起來不用。天氣好的時候，就用望遠鏡的鏡片，對準太陽光，來引燃火種。但是，在陰天或夜裡就無法用這個方式，這時就得再想想其他方法。

因此，把漂流木先削成像刮刀狀的工具，末端削得尖尖的。再用這尖刮刀在大約一公尺長的粗大松木材中央，鑿出約十五、六公分寬的凹洞。這時耐心的用力鑽磨，就能磨出細細的木粉。松木鑽出了洞，發出燒焦的味道，再繼續鑽下去便會冒出微弱的煙。此時，再更用力的摩擦，刮刀的末端沾上磨出來的木粉，就會冒出火來。這時，把火移到事先準備好的枯草葉，或把繩索解開散成的纖維上頭，就能製造出更大的火種。

「如果手邊隨時都能拿到這個火種，那該有多方便啊！」

漁業長和小笠原老人想到了這一點，就做了一個好東西，那就是燈。

把吃完的空罐頭上方剪除乾淨，倒入半罐的沙，再注入海龜的油。讓油滲透進沙子裡，直到高出沙子三公分。再把帆布拆開所抽出的線，插進沙中當作燈芯。點火之後，就是一盞有模有樣的燈了。將燈罐放進用罐頭木箱做成的框架中，再以帆布做成布幕包覆，就成了一盞燈籠，可以防止被風吹熄。

燈籠的火保持日夜不滅，就成為了一盞萬年燈。而為了怕萬年燈被打翻或踢倒，我們把圓木的一端斜插在土裡埋好，突出地面一公尺高，然後再將萬年燈吊在上面。炊事的時候，就從這裡取火種。夜裡還可以照亮帳篷，大家都顯得很高興，因為這盞燈十分的有用。

其次，每天三餐吃的食物，一開始是在島上的四頭海龜。這些海龜肉，三天內就吃完了。

此外我們也會釣魚。用油桶把手上的粗鐵絲拆下來，把末端磨尖，摺彎，就是個釣鉤了。另外，把罐頭木箱的釘子拆下來摺彎，也能當成釣鉤使用。

說到釣魚，在這十六個人當中有不少的高手。巴鰹、鬼頭刀、六帶鰺等各式各樣的魚類，我們都釣得到。

魚的料理又以生魚片最不費工夫。要不然烤魚、煮魚湯、用海龜油炒過也都能吃，但這些菜必須用到珍貴的柴薪，所以不能每餐都吃。

雖然是比較後來的事了。不過開始釣魚之後，吃的米就更節省了。米湯是每隔一天或隔兩天吃一次，其他的時候都以魚肉為主。

節約白米是有原因的。那是因為，等祖國日本開始議論「龍睡丸遲遲未歸，目前行蹤成謎，到底發生什麼事了？是在漂流中還是已經沉沒？」，並且登上東京報紙，應該會是在秋末冬初的時候。

接著，如果有派出搜索船的話，恐怕得到明年五、六月左右，才能行駛到這座島嶼附近。而且這只是我們自己的設想，也許故國的人根本沒想到我們會在無人島上生活。他們可能認為龍睡號已經沉沒了，船上的所有人員都已經死亡，因此並沒有派出救援船來搜索。

所以，我們必須好好的保存米糧，作為最後的糧食。而且，萬一有人生病，也必須留給病人吃。所以才盡可能的保留白米。

堆沙丘

第四天，開始漸漸習慣了島上的生活。五月二十四日從清晨開始，大家一起著手進行大工程。

除了輪值煮飯的人以外，其他的人都加入了運沙的作業。這個工程有個很大的目的。

我們該怎麼做才能從這座島上回日本去呢？

划著我們的寶貝舢舨，到檀香山港嗎？

——就算是沿著小島前進，從這裡橫越太平洋，回到檀香山，至少也要上千海里。這麼小的舢舨不可能辦到的。

那麼，靠著一己之力再建造一艘堅固的大船呢？

——只是我們手無寸鐵，也沒有造船的材料，所以這個計畫等於是痴人說夢。

那麼，靜靜的等待日本派船來救援呢？

——不，這個盼望更是遙遙無期。

既然如此，發現有船經過附近時，請他們前來救援如何？

——這個想法，如果運氣好的話也許可以達成。

這座島並不在軍艦或是商船通行的航道上。但是，說不定什麼時候會有某艘船過來。若是錯過了這個機會，那就完蛋了，我們絕不能一直被困在這座無人島上。為了發現通過的船隻，所以便決定堆起沙丘，建設一座瞭望塔。

我也知道可以不堆沙丘，直接就搭個高台。但是，那至少需要三根長的粗木頭，而我們卻沒有這樣的木材。

島上的制高點也只有海面上四公尺左右。另外還有一座約兩公尺高，一不留意就會被海浪打上來的低矮小島，所以看不到遠方。因此，我們將沙運到島中央最高的西海岸草地上，堆成沙丘以方便眺望。這是我們十六個人能不能逃出孤島，回到日本的關鍵，所以全部的人都卯足了勁加入了堆沙丘的大工程。

我們用油桶、木桶、罐頭木箱、帆布和繩索等做成了畚箕，再用鏟子鏟了沙運到高處去。

但是這項任務非常的吃力。因為不做蒸餾水之後，大家都只能喝帶有鹹味、石灰質含量高的井水，所以十六個人的肚子狀況都不太好。出現了嚴重的下痢，宛如得了痢疾。然而我們什麼藥品都沒有，也很擔心再這樣下去，不知道能不能吃得消。但無論如何，都必須盡早把沙丘堆好。大家勉強提起精神，投入於作業中。

不過，因為下痢得太嚴重，即使卯足了幹勁，卻沒有力氣。搬了一、兩次就要喘口氣，否則就動不了了。而且汗水淋漓，喉嚨乾渴，一直很想喝水。水只有勉強可以喝的井水，但就是那個井水搞壞了我們的肚子。

不能隨意喝水是搭帆船的人的宿命。從前，船員們在茫茫大海之中，經常會因為苦於缺水，而想出各式各樣的方法。像是口渴沒有水時，就會把衣服沾濕，讓皮膚吸收水分。

或是在嘴裡含石頭、舔鉛塊、咬一口辣椒，來暫時解除口渴的感覺。

因此，我們每個人都舔了一口漁業長原本用來做釣魚線鉛垂的薄鉛板，再繼續運沙。

工作沒有絲毫進展，進行工程之後的第二天：

「積少成多、聚沙成塔，再不久就能堆起很高的沙丘了。」

「搬得太重會更加疲累，還是一點一點的搬吧！」

「如果有車的話，該有多好。」

「說好不談做不到的事嘛！」

「可是能用拉的，工作會輕鬆一點啊！對了，我有個好點子。」

實習生淺野想到了仿效人力車的主意。他把海龜殼翻過來，綁上繩子，把沙堆積在殼上，然後三人一起拉著。

用這種方法，大家忍耐著工作了三、四天。每個人都揉著不舒服的肚子，一面呻吟，卻又互相打氣說：「我們可是人類啊，怎麼能輸給螞蟻呢！」

小笠原老人被腹痛折磨得四肢痠軟無力。但是，唯獨嘴巴還是不肯服輸。他一屁股坐在沙灘上，兩手比劃著，嘴巴也不曾停歇。

「看哪！看哪！年輕的小伙子們搬來了沙、搬來了沙。堆成了沙丘，站在山頂上。然後就能在海的遠方發現船帆，用洪亮的聲音喊道：『有帆哦，是船啊！』

「於是我們全都飛奔出來。張開雪白大帆的白船，駛近了小島，放下了小船。用力划啊划的划了過來。他們詢問：『肚子餓了吧！』就拿出夾了牛奶、牛油和砂糖的餅乾。哎呀，真好吃。大家打起精神搬沙吧！」

眾人忍不住浮現了笑臉。有一個人問：

「老爺子，你累了吧！」

「什麼話，我怎麼會輸給年輕小伙子呢！哎喲喂呀！」

小笠原抱著裝了沙的油桶，沒有抬起來，卻反而摔坐到地上。蓬亂的紅色鬍子全是沙子，大家被他逗得捧腹大笑。哈哈一笑之後，疲勞感也不見了。於是，辛苦的搬沙工程又愉快的持續下去。

我一馬當先，帶著大家搬運沙子。到了第五天，肚子狀況更嚴重了，腹痛如絞。心想休息一下或許會復原，於是便離開作業場，鑽進了帳篷休息。但是一想到大家都忍耐疼痛在工作，就實在無法獨自躺下來休息。無奈之餘，只好在吊萬年燈的圓木上坐下來。

從帳篷裡看著外頭夥伴運沙工作的身影，大家全都病懨懨的，緩慢的移動。但是，我覺得他們的身影，就好像大海的波浪以緩慢而強大的力量，朝著一個方向綿綿不絕的前進，與那種偉大的景象不謀而合，那些身影朝著我直逼而來。那就是「力量」，不斷的向前推進，碰到了東西就摧毀、飛濺開來，不到結束就絕不終止的那種深不可測的力量。搬沙的人為了堆砌這個沙丘，投入了全部的精力，全體眾志成城。承受著下痢與腹痛的痛苦，只依靠旺盛的精神力，雖然動作緩慢卻持續不懈的向前行進。這是日本海上勇士的身影，是多麼了不起的身影啊！我不自覺的向他們低頭致意。

然而，猛烈的陽光火辣辣的照射在赤裸的身體上，從病人的皮膚裡擠出了汗水。反射在白色珊瑚沙上頭的日光，閃亮得十分刺眼。連在遮蔽日光的帳篷裡，這大自然裡火熱的空氣，都從沙裡熏蒸出來，包圍了我。啊，真的好熱啊！燠熱的空氣吹到我的下腹部。

我驀地往下看，心裡有些納悶。熱氣是從下面圓木垂吊的萬年燈所發出來的。

雖然只是小小的一盞燈，但它仍然有熱度。這熱度逐漸的加溫，把燈籠上方和圓木都烤熱了。而下腹部慢慢溫暖起來，感覺舒服多了。不知不覺間，腹痛竟然不藥而癒。這真的是一大發現，我心中歡喜極了，立刻站起來往作業場走去。

「肚子痛得非常嚴重的人，快去萬年燈上坐一坐。」

有人一時聽不懂我在說什麼，露出詫異的神情。

但是，不久之後，肚子痛的人陸續在吊萬年燈的圓木上或坐或跨，以溫熱治療腹部。經過這萬年燈醫院的治療之後，大家的肚瀉都止住了，恢復成原來健壯的身體。雖然大家早已習慣有鹹味的井水，以及每天的魚龜主餐了。

瞭望崗

搬沙作業從早到晚不停的做了八天。辛苦工作的結果，終於在五月三十一日的傍晚，在海拔四公尺的沙地上，堆砌了一個四公尺高的沙丘。

望著海拔八公尺的沙丘，大家都非常的滿足，那是病人們傾盡全力堆積成的山丘。

晚餐的時候，為了特別慰勞完成沙丘的辛勞，從帳篷的糧食庫裡拿出了兩個水果罐頭。大家都捨不得的，小口、小口的吃著甜蜜的水果。

我對實習生和船員提問：

「藉著大家的辛苦貢獻，我們堆出了高於海面二十五英尺的沙丘。假設站在上面的人眼睛高度，為離地五英尺的話，全部加起來就有三十英尺（九・一公尺）高。那麼海平面最遠可以看到幾海里？」

這個問題在不久前上課時有教過。

「答案用手指寫在沙上。」

大家各自在沙上開始計算。

「秋田實習生，幾海里呢？」

「大約六海里。海面到眼睛的高度以英尺計算，將它開平方根所得出的數字，就是可見距離的海里數。然後再乘以一・一五，就是正確的數字。」

「很好。那麼，川口船員，從這座沙丘要看見從海面起高四十英尺（一二・二公尺）的船帆，船至少得在距離多近的地方？」

「是。四十英尺的話，大約距離七海里就可以看見了。所以，再加上剛才的六海里，大概可以看到十三海里的距離。」

「很好。大家也聽清楚了，就像剛才所說的，站在這座沙丘上，能看到六海里外的海平面。船的桅杆和船帆比較高，所以，當它在離海平面更遠的地方，就能看見了。大家要提高警覺，仔細的監看。在夜裡要留意船隻的燈火，請大家小心守望。」

當我說完結論之後，在萬年燈暈黃的光線裡，突然聽到有人在叫我的名字，小笠原同時站了起來。

「船長，瞭望的工作今晚就要開始了。第一個瞭望崗就讓我老人來站吧！喂，各位，第一個瞭望員是我喲！」

「不行，我來站。」

「應該是我。」

兩位實習生一說，幾個小伙子也按捺不住了。

「老人家已經累了，別為難他。還是我去站吧！」

「夜裡還是讓視力好的年輕人來站崗，瞭望由水手負責吧！」

十六個人當中，一名姓川口，名雷藏的船員，以身高最高，聲音最大而聞名。他說：

「我個子最高最適合了。因為我看得最遠啊，就這麼決定了吧！我來站瞭望崗。」

他的聲音人如同其名，洪亮如同雷公。

小笠原靜靜的說。

「老人家說的話，就該乖乖的聽從。今天晚上，就由老頭我來看守就行了。至於為什麼，船長他知道，所以這幾天就由我來值夜班。年輕人白天有勞力活要做，晚上要好好休息才行。」

小笠原懇切的訓誨大家。

小笠原說的話很有道理。夜間的瞭望崗確實該謹慎考慮，因為單獨一個人眺望著黑暗無垠的大海，很容易會不自覺的胡思亂想，意志也會軟弱下來。顧慮到這一點，眼前的這段時間，還是老練的小笠原、水手長，和遭遇多次船難的漁夫小川和杉田比較沒問題，所以還是讓這四人來守夜班吧！我做好決定之後說：

「夜班瞭望按年紀大小的順序來排。今晚由小笠原和水手長輪流站崗。那麼，小笠原，這副望遠鏡就交給你了。」

我把掛在帳篷柱子上的望遠鏡取下來交給他。小笠原立刻掛在脖子上，心滿意足的瞇著眼笑，走出帳篷以後說了聲：

「大家放心的休息吧！」

隨即，舉起右手揮一揮，便往沙丘走去。他的背影宛如古代希臘雕像中的海神像，威嚴而豪壯。

「今天晚上大家都累了，已經可以休息了。」

說完這句話，全體都站了起來。

收拾完炊具和打掃完帳篷，所有人躺下來之後，一天勞動的疲累，讓大家無暇再思考什麼，立刻就跌入了夢鄉。

我從倉庫的帳篷裡，找出了一張帆布和一條細繩。然後帶著大副和漁業長，巡視了帳篷周圍和舢舨之後，爬上了沙丘。

天際升起了細長宛如金色鐮刀般的月亮，海面和岸邊都發出憂傷的光芒。小笠原老人任由風吹散他蓬亂的鬍鬚，邁開穩健的步伐，在沙丘上來回的瞭望著。他的腹瀉狀況並沒有好轉，因此令人同情。

「小笠原，今晚謝謝你好言的提醒，也多謝你幫大夥兒站崗。我很明白你是為了年輕人才這麼做的，以後也勞煩你了。」

我輕拍著他的肩膀說。

「只有有經驗的人才會明瞭我的用意。能夠聽到船長這麼說，我感到很欣慰。」

他舉起右手，指向天空。

「這種細長的彎月，是年輕人的毒藥。看著那個月亮，心情會突然間憂鬱起來，而被思鄉病（想念家鄉而難以忍受的病）給纏住啊！」

「你說的對。不過，夜風也是你的毒藥，你的肚子似乎還沒好。夜裡站崗的時候，把這個包在肚子上吧！」

我把帆布和細繩交給他。

「您對我這老頭如此的關照……真是太感謝了。」

他的眼睛在彎月的映照之下，如同星星閃爍著淚光。

瞭望塔

第二天早上，天空剛露出了魚肚白，與小笠原在半夜換班瞭望的水手長，衝進了帳篷。

「船長，發現了大量的漂流木！」

他說海邊漂來了大量的漂流木。

「把大家都叫起來！」

聽了我的命令，水手長拉開嗓門喊叫：

「所有人，快去撿漂流木！」

「哦！」

眾人一起跳起來往海濱跑去。果然看到一整片的漂流木。大大小小的圓木、角材、木板、空木桶等，在夜裡漂流到這裡。這些是我們龍睡號四分五裂、破碎零散之後，從擱淺的暗礁那漂流過來的。大家既傷感又懷念，連小碎片也不放過的全都撿拾起來。

其中有兩根粗大的圓木，是龍睡號的帆桁。漂過來這麼上好的材料，大家都喜出望外。我們把這兩根圓木和三角筏龍骨的圓木，這三根長木材立刻搬到沙丘上頭。打算在沙丘上，再豎立一個瞭望塔。

像大型圓木材這種又重又長的材料，在船上其實經常會用到。但那需要大型滑車、長的粗繩索和許多的工具，才能搬動得了。然而現在我們手上，完全沒有那類的工具。不過，大副和水手長在這方面，可以算是日本頂尖的好手。費了一番工夫，用了三天的時間，終於在沙丘頂上豎起了一座結實的三角塔。

首先，把三根圓木豎立在沙丘上，再用結實的粗繩把三根木頭的頂部緊緊的綑綁在一起。下方架起了橫木，鋪上木板和圓木，做成瞭望時的立足處。另外又架上許多根橫木，作為爬上爬下的階梯。

瞭望塔的高度有四公尺半，與沙丘的高度加在一起，高度為海平面以上十二公尺半。

瞭望值日生整天站在塔頂專心守望，將可以看到島嶼方圓半徑七海里半的海平面，有沒有船隻經過。

不過，就算在瞭望塔上看到有船隻經過，但船上的人怎麼會想到無人島上住了十六個人呢？他們肯定會毫不知情的駛離吧！因此，一旦發現船隻，就必須發射信號。

——這裡有人，救救我們——這樣的信號升起白煙，冒出火光的話，世界上不論什麼國家的船都看得懂吧！

豎起瞭望塔之後，我們又快速準備燒起篝火。把魚骨、龜殼、雜草、碎木塊等分別堆在三個地點，蓋上帆布防止被雨淋濕，並把裝了海龜油的油桶放在手邊。假如一看到船隻出沒，就從萬年燈引火種過來，在大篝火淋油，等著煙和火燒旺起來。

所有人對守望的工作不敢稍有怠惰，但那段期間裡，經常會把雲的碎片、海鳥飛過的影子當成船隻。而在夜裡，也經常一看到光——

「啊，是船的光嗎？」

一再被星光攪亂了心緒。

凝望注視著以島為中心畫成的海平面大圓，一日如同三秋般盼著船隻經過出現。但是何時才會有船經過呢？一個月後？一年後？還是……。

但是，總有一天，一定會有船經過的。

魚網

炊事值日生要準備每日三餐，是相當大費周章的工程。因為要節約柴薪、要釣魚，還要準備十六人份的三餐。

進入六月之後，常常釣不到魚。大家有時候得餓肚子度日。

「真想有一張魚網。」

漁業長說。因此，立刻著手設計魚網，大小為長三十六公尺，高二公尺。

「編網的線，用帆布拆散抽出來的絲重新搓成。刨下木頭烤過，可以綁在網子上當作浮標。鉛錘則用附在漂流木上的大釘子或金屬代替。不夠的話，還可以拿馬蹄螺取代。」

想到了方法之後，馬上就展開行動。眾人分好了小組，立刻動手製作。

有人負責把帆布迅速的拆開、有人負責把拆下來的線搓撚成繩、有人刨木板，製作編網用的針，於是前置作業按部就班的完成了。四名船員因為有編網的經驗，所以專門負責編織。從早到晚，每天不斷工作的結果，便用了十四天做成了一張結實的魚網。

期待已久的魚網終於完成了，大夥趕緊把它繫在舢舨上。有人負責海上作業，有人負責岸邊工作，決定好每個人的崗位以後，便全體總動員出外撒網。你猜怎麼著？捕到了滿滿一網子的魚，多到不知該怎麼辦才好。大家用長棍子把魚從網子裡趕出來，全都累得人仰馬翻。我們往後的日子，也必須靠吃魚維生。因此，只捕捉足夠數量的魚就夠了，其餘的都放回到大海。

這麼一來，只要有魚網，暫時就有充足的食糧了。只不過，不管抓了多少的魚，大夥還是說好只吃八分飽，不要養成吃太飽的習慣。因為等到了冬天，若是因為暴風雨捕不到魚，或是沒有魚的季節，恐怕撒了魚網也沒有收穫。不如趁現在先把肚子訓練好，到時候才能習慣節省糧食的生活。

料理值日生也必須張羅餐具。我們把黑蝶珍珠蛤當成盤子，大馬蹄螺當碗，而鍋子，就拿硨磲貝來代替。

海鳥的季節

島上的海鳥，一天比一天多。

海鳥聚集的季節來臨了。不知不覺間，整座島上都是鳥，而且開始下蛋。

像鴨子那麼小的白腹鰹鳥、軍艦鳥、燕鷗、白頭的海鴉，還有信天翁等，在兩公尺見方的土地上生了六、七十顆蛋。整座島的卵石彷彿都被蛋給取代了。

同種類的鳥會分別聚集在小島的草原或白沙上，絕對不會混雜在一起。鳥可以從顏色來辨別，就像地圖上按國別標上不同的顏色一樣。

鳥蛋當然就成了我們的糧食。有時是水煮蛋，有時用鏟子滴一點海龜油，放在火上煎。我們用鏟子代替平底鍋，做一道摻了魚肉的歐姆蛋。值日的伙夫不斷變換手藝，天天都在吃鳥蛋大餐。

觀察這群鳥兒，十分有意思。

軍艦鳥自己不會捕魚，每當白腹鰹鳥在海上迴旋，牠們才好整以暇的出動，看準白腹鰹鳥吞下魚兒的瞬間，冷不防的飛上去攻擊。狠啄猛咬之後，逼牠把吞下去的魚吐出來，再從旁邊搶走。

軍艦鳥是鳥中的搶劫犯。

但是，我們也時常跟著軍艦鳥有樣學樣。看到吞了一肚子魚，在岸邊發呆的白腹鰹鳥，就猛然大叫，或是用棍子敲打地面驚嚇牠們，讓白腹鰹鳥吐出四、五條魚，再撿起來當作魚餌。

信天翁是個大胃王。牠們就算胃和食道都塞滿了食物，還是要繼續吃魚。有時嘴邊垂掛著半條大魚，一邊還在等著胃裡的魚消化掉。在這種時候，信天翁似乎會因為肚子太脹而飛不動。那呆呆漂浮在海面上的身影，真是名副其實的呆鳥。

最不可大意的是海鴉，這種鳥尤其會拉屎。白頭，眼睛周圍也有一圈白毛，好像戴著眼鏡。尾巴是黑色，全身則布滿了灰褐色。牠們總是成群飛翔，所以在牠們飛行時，下方就會下起鳥屎雨。有時一走出帳篷外，我們被太陽曬成黑炭的身體，就會沾滿海鴉的白糞印花。

鳥蛋的數量非常的驚人，不管再怎麼小心，還是會踩破好幾顆鳥蛋。而這些蛋孵出雛鳥時，海岸邊鳥鳴喧天。從每天天色濛濛亮，直到太陽下山，母鳥的嘎嘎戈戈，雛鳥的唧唧啾啾，簡直吵得震耳欲聾。但是，這些鳥每天供應蛋給我們食用，所以我們從不欺負鳥兒。

燕鷗的雛鳥羽毛還沒長齊，便搖搖晃晃的走起路來，唧唧的叫著，在海浪線前集結成群，等待母鳥從海上銜著魚回來。從外海飛回來的母鳥，也總是準確無誤的認出自己的孩子，餵牠們吃飯。那些曬得像黑炭一樣的健壯漢子們，經常兩手叉在胸前，靜靜的看著母子鳥的動作。

漁業長說：

「喂，你們現在知道母親的恩情了吧！以後要多多珍惜身體，回國之後要好好報答父母。」

鳥會攻擊人類。這樣的說法雖然有點誇張，但是每次一到傍晚，結束了一天的作業，跳進太平洋這個天然的大澡缸裡，想要泡個舒服的澡時，海鳥就會俯衝下來戳人的頭。用牠又尖又硬的鳥喙，迅速的朝頭頂一啄，非常的痛。所以泡在這個大澡缸裡的時候，腳下必須注意鯊魚，頭頂則必須注意海鳥的動態。

海鳥似乎認為，任何浮在海面上的東西都可以吃。曾聽人說過，在航行途中，如果水手不小心掉到海裡，就會遭受信天翁的攻擊。在夥伴划小船前往救援前，信天翁會用那大大的尖嘴，在頭頂啄出洞來，甚至還曾經把人啄死過。

我們不吃海鳥的肉。這麼說好像很奢侈，不過習慣了海龜的甜美肉質之後，海鳥的肉實在是難以下嚥。

海鳥的雛鳥一旦破殼而出，屁股上都還黏著蛋殼屑，就開始學習走路。稍微會走之後，羽毛都還沒有展開，就開始練習飛翔，或在岸邊學著游泳。日益長大之後，不久就與親鳥一起飛離小島。

於是，島上的鳥兒一天天的減少。不知不覺間，又變回原來只有幾百隻鳥棲息的小島了。

海龜牧場

當大量的鳥群飛離小島之後，沒多久，海龜們也游到島上來下蛋了。

一到七月，一隻隻海龜緩緩的爬上岸。把海龜抓起來立刻吃掉太可惜了，所以我對漁業長說：

「從現在開始，研究一下如何飼養綠蠵龜，準備作為冬季的糧食。」

因此，大夥抓了爬上岸邊的五頭綠蠵龜，放進大井裡頭飼養。這口井是我們來到島上第一天，使盡全力挖的那一口井。挖了之後沒有用，就這麼一直閒置著。

我心想，如果結果不錯，就挖個大池來飼養海龜。但第二天一看，五頭海龜都死了。肯定是因為水中石灰質太高，中毒身亡了吧！由此可知，海龜池的想法行不通。

「那麼，我們來建個綠蠵龜牧場好了。」

我們在海邊打入木樁，用結實的長繩綁住綠蠵龜的腳，再將繩子繫在木樁上。海龜可以在繩索長度範圍內自由的游泳，隨意進食，有時還可以爬上岸曬曬龜殼。每天我們會去巡視、檢查繩索磨損的情況，以防繩索磨斷，讓牠們逃脫。此外，前腳和後腳的繩結也會交換腳來綁。

綁在木樁上的海龜，按照抓到的順序一一排列。但不知不覺間，竟已增加到三十幾頭，也在兩個地方又設立大規模的海龜牧場。另外也規定了「海龜值日生」，每天的工作內容為巡視海龜牧場，照顧以及監視海龜。抓到的海龜會從飼養日數多的，也就是比較久的海龜開始吃起。

海龜開始產卵之後，實習生與會員在漁業長的指導下，展開對牠們的研究。

海龜為了產卵，會在夜裡爬上小島。然後用後腳，仔細的把沙地挖開。綠蠵龜的話，一頭可以產下九十到一百七十顆蛋。然後用沙蓋住，再回到大海去。一頭玳瑁則會生下一百三十到二百五十顆蛋。

海龜產好卵之後，雖然會用沙把蛋蓋好。但是足跡卻清楚的留在沙灘上。所以我們很容易就能發現產卵的位置。

而產卵地點沙地的表面，白天太陽經過直射，會讓沙子形成剛剛好的溫度，所以可以使蛋保溫、孵化。過了三十五天，自然孵化出只有酒杯大小的海龜寶寶，就像從沙裡潑灑出來一般四面八方的爬出來，朝著大海前進。

綠蠵龜的蛋很美味，比雞蛋略小一點，圓溜溜的。灰白色的蛋殼很軟，裡面有蛋黃和蛋白。而且不論煮多久，蛋白都不會凝結。

玳瑁的蛋也很好吃。不過，牠的肉有一股怪味，不宜食用。而且這種海龜比綠蠵龜更有活力，很愛咬人。

綠蠵龜因為身上有暗綠色、暗黃色的斑點，所以又名為綠海龜，而牠的形狀大小，據說和另一種紅海龜很相似。紅海龜的身體為淡淡的赭紅色，龜甲則是褐色，因此而有了這個名字。紅海龜的肉也有股怪味，不能食用。肉質有味道的海龜多半是肉食龜，以吃魚維生。而綠蠵龜吃海藻，所以肉質沒有怪味。

我們以魚和海龜為主食，蛋則是大餐，只可惜沒有蔬菜。

人人心裡都在想：

「真想吃到綠色的食物。」

大夥仔細調查了島上生長的草，發現有四種。其中有一種，葉子嚼起來很辣。挖出根來咀嚼，好像是山葵。

「我們發現到好東西了！」

後來，我們到處挖掘島上的山葵，用很多來沾生魚片吃。不曉得是不是心理作用，自從吃了島上的山葵之後，肚瀉的狀況也減輕了很多。

不過說到肚子的狀況。每天把鳥蛋和海龜蛋當飯吃，讓我們十六個人都得了便祕，這可真是個大問題。真希望能吃點瀉藥，可是我們手邊什麼藥也沒有。到了無計可施的時候，就拿起木碗走到廣大無盡的大海，舀起半碗海水喝下。雖然這樣很胡來，不過才剛一喝下去，肚子就發出咕——的聲音，然後立即就通便了，這完全是病急亂投醫。這種做法只會讓身體越來越虛弱，反覆使用的話，恐怕會對健康造成危害。因此，我命令伙夫班，不要只吃蛋，要想一點可以混和魚和龜的菜色。

海豹

前面也曾經提過，在島嶼的旁邊有座小小的半島，有一群小型海豹在那裡棲息。

「任何人都不許到海豹的棲息地去，絕不能讓海豹害怕人類。萬一有人生了重病，才可以取海豹的膽來做藥。而且，到了冬天，海豹的毛皮也可以做成我們的衣服。到了糧食用盡的時候，才能吃海豹的肉。如果在緊急的時候不能馬上捉到，就沒有用了。我們手上又沒有槍，必須要徒手捕捉。為了怕牠們恐懼人類，你們任何人都不能靠近海豹。」

我嚴格的囑咐他們。

然而，這十六個人當中，有個非常喜愛動物的漁夫，他叫國後。這孩子從少年時代就和動物十分的親近，貓狗自然不必說，就連野外的小鳥他也能夠馴服。他用口哨呼叫，野鳥就會停在他的肩上。以前在他當實習漁夫的時候，曾經搭乘漁船到堪察加半島去，抓到了一頭小海豹，還馴養了牠。在這座島上也是一樣，小海豹們都相當親近他。

當半島上隨時會有二、三十頭海豹，出現在地上爬行時，愛動物的他實在難以克制。不能違背船長的命令，但是忍耐了幾天之後，他趁著月黑風高的夜晚，拿著釣來的魚當作伴手禮，一個人偷偷摸摸的鑽出了帳篷，走近了海豹。雖然從來沒見過人類，但身穿毛皮的動物，還是立刻與光溜溜的人類變成了好朋友。

後來，不管是夜晚還是清晨，只要一有時間，國後就會跑去陪伴海豹。他只要拍拍這些海中好友的脖子或是肚子，海豹就會向他撒嬌，用鼻子哼氣，甚至很舒服的睡著。

另一位歸化人範多，以前在搭乘海獺船時，也曾飼養過海豹小孩。他也偷偷的成為了海豹的好朋友。

某一天晚上，出乎意料的，國後和範多在海豹半島上遇個正著。

「嚇死我了。原來是你啊，國後！」

「我也吃了一驚，是範多啊！」

就這樣，兩個馴海豹高手無法再把與海豹為友的喜悅當成祕密了。兩人就一人、兩人的將船員介紹給海豹認識。當大副得知這件事時，水手和漁夫們大多已成為海豹的朋友了。

「不准接近海豹。」

這是船長的命令。雖然結果並沒有不良的影響，但接近海豹的確是違反了命令。

「要遵守規矩！」

這是島上的精神。

「跟海豹變成朋友，好像終於被大副發現了。」

「怎麼辦呢——真糟糕。」

海豹的好友國後與範多，皺著眉頭竊竊私語。

「道歉吧！現在只有這條路好走了——」

海豹的好友代表國後，畏畏縮縮的走到大副面前。他畢恭畢敬的低著頭，支支吾吾的說道：

「最先違反船長命令，到海豹棲地去的人是我。我做了對不起大家的事——對不起。」

大副從國後沮喪的身影，看到了他誠實的心靈。

「你的確是惹了個麻煩，以後要好好遵守規矩才行。這次的事，我會和船長好好商量的。」

「啊，……謝謝，麻煩您了。」

「以後要特別小心。不過，既然難得跟牠們交了朋友，就要永遠善待海豹們哦！」

「嗯，謝謝長官。」

在國後之後，範多也走到大副面前認錯。

冒著冷汗道完歉之後，國後和範多終於露出了開朗的表情，遠眺著他們毛皮之友所棲息的海豹半島。

寶島探險

炊事用的柴薪存量一天天的明顯減少，令人十分憂心。用完的話該怎麼辦呢？就算用魚骨或龜甲來代替也緩不濟急。

我記得以前曾看過海圖，島嶼的西方還有別座小島。因此我對大夥兒談起這件事情：

「我們去那座島上探險吧！」

一聽到探險，大夥兒爭相表示自己想去。

因此，最後拜託大副和水手長看家，我和漁業長選出擅長搖櫓的四個人，前往另一座島嶼探險。準備的用品有：雨水一桶，當作最重要的飲用水，另外還有挖井工具、寶貝火柴盒一個，緊急的備用糧食——罐頭數個和釣具。六月二十日，我們把這些工具搬上舢舨，一大清早確定天氣晴朗之後，終於出發了。送行的和外出的，都真心誠意地互相道別。

我們乘著小小的舢舨，既沒有海圖也沒有羅盤，只能抓個大略的方向，就這麼漫無目標的划行到太平洋的正中央。這種時候，就算沒有羅盤，但只要知道正確的時刻和太陽的位置，就能估算出大概的方位。但是現在我們沒有手錶，所以，只能靠著約略的時間與太陽的位置來決定方位，再對照腦海中的海圖，緩慢的前進。

我們目標的島嶼，是個低矮的小沙島，只要距離三公里以上就看不見。所以若是方位稍有偏離，就找不到小島了。然而，我們竟然要從一片廣闊無垠的水世界中，尋找一座宛如用根細針別在海中的小島，你們或許會覺得這樣太魯莽了。事實上，這一趟出航，能依靠的只有思考力和膽量，是一種最困難的航海術。不過，我們這些擁有豐富經驗、膽識過人的日本海員在出發探險時，都抱持著強烈的信念，不論發生什麼事，都一定要找出這座小島。

我們搖著櫓，朝向我們認為的西方，逆著海流而行。划了兩個小時，經過龍睡號擱淺的礁岩處後，順利的往前航行。接下來的前方，只有無窮無盡的水和天。舢舨船正面承受著逆向的海潮，泅泳前進。但是，前方連個島的影子都沒有。

過了龍睡號遇難的岩石處，又划了約莫三個小時。太陽升到了頭頂上，已經到正中午了。然後又過了兩小時，大約是下午兩點左右，但是還是看不到什麼島嶼。

所有人凝視著前方的海平面，全身的注意力都集中在眼睛，一心一意的看著。

「好像看到了什麼東西。」這種似是而非的話，誰也不願意說出來。每個人都流露出一定能發現島嶼的堅定神情，沉住氣往前划行。這些夥伴多麼的值得信任啊！我想說一些話安慰大家：

「如果太晚的話，今天就在找到的島上停留一晚，明天再回去好了。」

漁業長說：

「還沒有發現小島，也許必須划通宵了。」

其中一名水手說：

「明天太陽升起之前就能看到島嶼吧！」

這幾個人好像打算要往西划一整夜的船，真不愧是海上的男兒！不過，在這茫茫大海之中，如果太陽下山就麻煩了。不但找不到新的島嶼，恐怕連我們自己的島都回不去了。

但是，太陽下山之後，星星會出現。北極星在正北方，所以只要找到北極星，就能夠確定方位。

我站起來，朝著四周轉了一圈。還是只有圓形的海平面，沒有發現一點小島的跡象。

再繼續往前划，最後時間來到下午三點左右。

「看到了！」

船員川口用驚人的音量大聲喊道。

果然沒錯。在他手指的海平面上，有個如同針尖般大小的小黑點，的確是座小島。真是太好了，在這裡就能看到的話，表示小島已是我們的囊中之物。川口的個子最高，所以比別人更快發現島嶼。

划近時發現，這小島比我們居住的島約莫大上兩倍。小島的高度很低，到處都長滿了雜草藤蔓，但也沒有樹木，卻有很多的海鳥。

上了島一看，大吃一驚。這裡到處都是漂流木，沿岸一整片全是沖上來的木頭，還可以看到綠蠵龜慢吞吞的在其間爬行。

「這是座好島。」

「寶物之島。」

「有了，就把它取名為寶島吧！」

我把它取名為寶島。寶島的形成可能還很新，因為表面的沙和土都很少。

我們立刻開始挖井。可是，地面是堅硬的珊瑚礁地質，不可能蘊藏著清水。而且海水宛如河流般橫切過小島。所以我們放棄挖井，只把漂流木和海龜搬進舢舨上。

漁業長看到魚群豐沛十分的欣喜，隨手便釣起了六、七條大魚，用漂流木當柴薪當場烤了，準備做晚飯。

漂流木主要多是遠古時代日本船破碎的杉木、西洋帆船的大桅杆等許多船材，其他還有兩年左右的香木。這座小島儼然是個柴薪和海龜的倉庫。

檢查漂流木時，在裡頭找到了一片鑲了薄銅板的船底板，是個好東西。立刻就把它帶上舢舨。

趁著太陽還沒下山前，我們快速的在島上繞了一圈。正好魚烤好了，於是也用完了晚餐。時間距離日落還有一個小時左右，如果馬上出發，在午夜前應該有希望回到我們的島上。於是我站起來：

「好了，我們快點回去，讓大家高興一下。」

「有理。出發吧，是順潮哦！」

順潮就是潮水順著船前進的方向流動。一旦遇上順潮，船隻會被海潮推送，前行的速度也會因此加快。

「加緊划吧！」

載了六頭綠蠵龜和柴薪，吃水嚴重的舢舨船，開始朝著東方返航。雖然身體感到很疲憊，但是，因為發現了寶島，所以精神為之大振，搖櫓的節奏也更加的奮勇快速。

夕陽西下，太陽沉入海平面之後，西方天空中的浮雲散放出美麗的檸檬色，然後轉變為紅磚色，不久是紅色，漸漸成為了鐵鏽色的夕靄。西方天空和海平面都變黑之後，星星閃爍著紅藍光，在鏡之海上映照出影子。海平面附近的低空中，北極星正閃耀著光芒。以它為準，確定了東邊的方位，繼續往前划行。我們必須仰賴這顆星星，在夜之海中尋找我們的小島。

同一時刻，留在島上的人也開始擔心了。太陽下山了，探險船還沒有回來。船上既沒有海圖也沒有羅盤，雖然覺得「沒問題，他們一定能回來的」，但是方位稍有偏差的話，說不定就會錯過這座小島。倘若真是那樣，結果將會不堪設想。但就算如此，他們應該也找到西邊的島嶼了吧！有的人爬上瞭望的沙丘，有的爬上木塔，或是站在海邊，睜大了眼睛，憂心忡忡的凝視著星空下晦暗的海平面，盼望能看到什麼。

但是，探險船還是沒有回來的跡象，時間一分一秒的過去。

「生火！」

大副發出號令。眾人突然緊張了起來，紛紛爬上沙山，迅速的燒起旺盛的篝火。

連續燒了兩個小時、三個小時，把柴薪全都搬來燒了，再把龜甲、魚骨、枯草、油也全都倒進來燒了吧！站在瞭望塔上的人、站在海邊的人全都透過黑暗，凝視著漆黑的大海。等會兒船就要回來了嗎？拜託請一定要回來啊！他們在心裡祈禱著，將全部的精力投入於遠望之上。

另一方面，我們的舢舨在前進方向的海平面上，發現了微弱的火光。

「是島！他們生起了火！」

「大家在等我們呢！」

「帶回來的禮物，肯定會嚇死你們！」

看到島上用珍貴的柴木生火，自然而然的，搖櫓的手也增加了力道。而且又遇上順潮，所以船速變得更快。舢舨船的船頭朝著火的方向，毫無疑問的勇往直前。

島上的大家處在擔心憂慮之中，不知不覺已經過了晚上十點。

「哦哦，是舢舨船！」

站在海邊的一個漁夫，放聲大叫著飛奔上岸。

「喂──！」

島上的人一齊扯開喉嚨，同聲大喊。

海上也傳來微微的回應：

「喂——！」

接著，又傳來：「嘿喲、呵喲、呵啦嘿……。」

配合搖櫓節拍的吆喝聲，從遠處漸漸清晰了起來。

舢舨船歸來了，所以，大夥兒把篝火引到海邊。在篝火明亮的火光中，舢舨載滿了成堆的禮物，平安的回來了。

「歡迎回來，結果怎麼樣？」

「我們找到寶島了。」

「就像你們看到的，有六頭海龜。」

「滿船的漂流木。」

「哇，太驚人了！」

看家的夥伴們把海龜和漂流木一一給抬下來，再把舢舨拉到沙灘上。剛才的憂慮已一掃而空，換來的是喜出望外。然後，大家在篝火邊圍成一個圓圈，著迷的聽著關於寶島的一切。

「啊，已經半夜了。辛苦了，大家睡覺吧！」

探險平安的結束了，大夥所有人都感到心滿意足。我望著滿天閃爍的星斗，站了起來。

探險的第二天，六月二十一日。早餐之後，確定將昨天探險發現到的島嶼取名為「寶島」。而我們現在所居住的島嶼，則叫做「本部島」。

此外，大家也討論了從寶島運柴薪和海龜過來的作業。用舢舨來回寶島與本部島之間，必須要看準天氣的狀態，海面平靜時才能出發。到了十月，海況凶險，交通阻絕。所以必須在那之前，盡可能把大量的漂流木和海龜運送到本部島，準備過冬。

因此，目前先讓六個人乘坐舢舨船，划到寶島去。載滿漂流木和海龜以後，其中的三個人先划船回來。另外的三人則留在寶島上，收集漂流木，捕捉海龜開設海龜牧場，等待下一班船的到來。本部島再派出三個人乘著下一班船出航，與島上的三個人交換，駐守在寶島上。寶島隨時保持三人留守。

飲用水放在油桶裡，從本部島運送過去，但是在寶島那一邊，也要設置從帳篷屋頂收集、儲存雨水的工具。在寶島所吃的食物，以釣魚為主。海龜保留了十頭的存量，只在萬一釣不到魚的時候食用，其他的海龜則統統運回本部島。

此外，仔細調查寶島時，只要發現到什麼珍奇的事物，就算是再渺小的事情，也務必要向本部島報告。

一大早趁天色還沒亮，舢舨船就出發了。我們只能在白天航海，夜裡不出船，也絕對不勉強出海。即使已經出發，假如天氣若是轉壞，也要立刻中途折返，耐心等待天氣好轉。

在寶島上，最重要的一件差事，就是監看是否有船隻通過。寶島上因為有大量的漂流木，所以一到島上，就立刻建起了瞭望塔。從那裡，一個人就能瞭望四周海面。也因為寶島上有很多的木柴，立刻就能燃燒「火堆」作為信號。只需要點燃一盞萬年燈，以便隨時可以取得火種就好了。

討論中把這些項目都決定清楚。

此外，又指定了水手長以下派去寶島的人員，並做好一切準備，像是把飲用水裝進油桶，製作帳篷的帆布、繩索、萬年燈用的油、釣具，準備緊急備用的罐頭十個，小盒火柴一個裝在空罐裡，用雨衣布嚴實包裹等，就等著第二天天氣晴朗，便立刻出發。

無人島教室

今天的任務，是把昨天從寶島帶回來，混在一堆漂流木當中、貼在船底板上面的銅板拆下來。

小心將薄銅板上的釘子拆掉、取下，得到兩張明信片合在一起大小的銅板共六片。又從漂流木當中，選出比較厚的木板，用釘子把銅板釘在木板上。再把鐵釘磨尖當成筆，在這些銅板上寫下：

珍珠與赫密斯環礁，龍睡號遇難，全體十六人存活，乞求救援。明治三十二年[①]六月二十一日。

我用日文寫好，然後讓歸化人小笠原用英文寫下同樣的意思。我們要把這銅板信（漂流信）放到海中。

大夥兒用舢舨划到外海，將它們放流。

「銅板信啊，求你快快漂到某個陸地，快讓別人撿到吧！拜託你了——你可是承載著十六個人衷心的願望啊！」

每將一片銅板放進海中時，大夥都在舢舨上送行，同時心底這麼祈禱著。

但是，為我們傳送這些漂流信的，是海流郵差。會在什麼時候，漂送到哪裡呢？放流的地方是太平洋的正中心，不論是到橫濱，還是到美國的舊金山，都要大約五千公里。但是只要海水相連，總有一天一定會漂流到哪裡去的。風也會幫我們吹送吧！那些漂流信上繫著大家殷切的希望。

①明治三十二年：西元一八九九年。

銅板信在中午時分放流出去。下午的上課時間，我問大家：「為什麼要在船底貼上銅板呢？」

陸地上的人通常不會留意船底——船隻浸泡在海水的部分——會有海藻類或貝類吸附。牠們會漸漸成長，分布在整個船底，最後，完全看不到船底板。就像地面長滿了雜草或苔蘚後，就看不到地面一樣。這樣一來，原本平滑的船底板，就會變得粗糙不平。不平滑的話，船的速度便快不起來。帆船遇到了這種狀況會很麻煩，但就算是換成汽船遇到同樣的情況，如果不燒非常大量的煤，也會無法像船底平滑時那樣航行。

木船還有另一個問題。有一種叫鑿船蟲的蟲類，會以船底的木板為食，牠們在木板鑽了一個個的小洞，住在裡面。於是船底到處都是小洞，很像蜂窩或是海綿。這種情形非常可怕，不只海水會滲入到船中，一旦遇到了暴風雨，那些與猛浪搏鬥的船，常會因為蟲吃壞了船底，很可能就此沉沒。在古代西洋軍艦還是木船的時代，人們常說：

「鑿船蟲的可怕，勝過敵人大砲發射出來的彈丸。」

因此，該怎麼做才能防止鑿船蟲的入侵呢？從古早的時代開始，人們有很長的一段時間都是乘坐木船，他們苦心積慮的想出了一個方法。在兩千多年前的西方，人們就在木船底部包覆一層薄鉛板。這麼做之後，鑿船蟲雖然不能鑽洞了，可是卻無法防止海藻和貝類的附著。後來，英國海軍捨棄了用鉛板包覆軍艦底部的做法。因為包覆鉛板之後，鐵釘、船舵等金屬都會嚴重的腐蝕、碎裂。

而後，距今一百八十年前，英國在一艘木造軍艦上，嘗試以銅板包覆船底。經過了一段時日，速度完全沒有減少。英國人對於這個完美的發現感到十分高興。後來，所有木船都開始採用薄銅板來包覆底部。直到今日，除了銅之外，也會用黃銅來包覆船底。

鑿船蟲不能在銅板上鑽洞，而海藻和貝類還是會附著生長。可是，銅與海水會發生化學作用，在銅板表面產生硫酸銅或碳酸銅等類似結痂的物質。而這些結痂會漸漸變大，在船隻行走時，海水衝擊船底的力量，便會將它們一一沖掉剝落。而生長在結痂表面的海藻和貝類，也會隨著結痂一起掉落，露出嶄新光滑的銅板表面，所以船的速度也就不會降低了。目前，各國都訂出規範，要求木船的底部一定要包覆銅或黃銅板。

「關於鑿船蟲的知識，會由漁業長來向你們說明，你們要仔細聽。有什麼問題嗎？」

淺野實習生站起來提問。

「不能用鐵板來包覆木船的船底嗎？」

「鐵板也可以。不過，船身會因此而變重。這招雖然能防止鑿船蟲，但海藻和貝類仍然會大量附著。而且鐵板並不會像銅板一樣會自然剝落，所以鋼或鐵製的船對這個問題仍然相當的頭疼。必須不時把船開進造船廠的船塢裡，將附著在船底的物體清除乾淨。然後漆上使鐵不會生鏽的油漆，和防止海藻與貝類附著的特別油漆。鐵船或鋼船的船底之所以是朱紅色，就是因為塗上了這種油漆。」

秋田實習生也提問：

「那種防治鑿船蟲和海藻類的油漆，不能塗在木船上嗎？」

「即使是鐵船或鋼船底部塗了油漆，也不能完全防治海藻和貝類的吸附，更別說是塗在木板或滲入木頭中，想要完全防止鑿船蟲或海藻了。世上還沒發明出這種油漆或藥來。怎麼樣？你們要不要多努力發明看看。」

「是——我想要努力看看。」

會員川口說：

「還有什麼材料可以包覆木船船底呢？」

「也有人用木板包覆。換句話說，就是釘成雙重的船底板。這麼做，外層木板雖被蟲鑿了洞，但內層的木板仍能保持完整。但是，船隻必須不時去更換外層的木板。」

接下來，漁業長說到關於鑿船蟲的知識。

「我們雖然都用鑿船蟲來統稱，但其實牠的種類很多。我把牠大致分為三種來說明吧！

「第一種專吃海裡的木材或木質船底，在裡面鑽洞，牠叫做小蠹蟲。長度三到四釐米，形狀像鼠婦蟲。

「其次，另一種跟爪鉤蝦外型很類似，但稍微大一點。長約六釐米。這兩種蠹蟲都有很多種類，不論是寒帶或熱帶海洋，世界各地的海域都有分布。群集在木頭或木板，會鑽孔居住在裡頭。把堅硬的木頭蛀得像海綿一樣，就像是海洋裡的白蟻，算是一種害蟲。

「第三種船蛆蛤，是種蚯蚓般的長蟲。一開始只是小蟲，附著在木板表面，鑽了洞居住。而後牠會漸漸長大，把洞鑽得又深又大，最後可能達到三十公分，甚至更長。

「現在，人們會在木船船底貼上薄銅板，就可以防治這種蟲，但是在沒有貼銅板的木船底，牠還是會把那裡鑽成無止盡的深深洞口，像個隧道一般。如果整面船底都被鑽得像蓮藕切面一樣，任何的船隻都無法承受的。對木船來說，可以說是一種可怕的蟲。

「至於附著在船底的海藻，有石蓴、紫菜等，種類繁多。貝類則有牡蠣、龜足、茗荷、藤壺等，其中藤壺附著的最多。藤壺是一種形狀像富士山的貝類，大的藤壺甚至可以長到直徑五公分，高五公分，這種貝類會附著在整面船底。藤壺就算藤壺蟲死了，牠的殼還是會繼續吸附著。變成空殼之後，某些幼魚或蟹便會鑽進去，藉由船隻的幫助，旅行到遙遠的海域。因此大西洋的魚也會游到太平洋來。

「很久以前，西洋人說過：

「『藤壺是阻止船隻行進的魔鬼。』

「就像剛才船長說的，這種貝類大量附著於船底，船就開不快了。」

帳篷中，打赤膊的學生坐在圓木上，專心的聽講。老師也以空箱為椅，打著赤膊坐著授課。在桌子、黑板、紙和鉛筆等，什麼都沒有的無人島教室裡，課程就這樣進行著。

製鹽

想為食物增添風味，或是保存魚肉，都需要用到鹽。不論是伙夫班，還是吃飯的人都在說：

「如果能吃到鹽烤魚就好了。」

這件事並不是做不到。

「我們來做鹽吧！」

「要怎麼做呢？」

於是，大家開始集思廣益。

第一種是日曬製鹽法。這種作法是將海水潑灑在太陽直曬的沙灘上，讓水分蒸發，擷取鹽分。島上的沙是白珊瑚碎屑所形成的，所以純白晶瑩，反射在上頭的日光，雖然閃耀刺目，但白天光著腳踩在沙上，腳底也不會覺得燙。因為白色不能吸熱的關係，所以在這樣的沙灘上潑灑海水，就算讓太陽曬乾了，也不容易取得鹽巴。因此，最後決議：

「下次用在寶島撿回來的柴薪，熬煮海水來取得鹽巴吧！」

所以我們做了許多工程，先用珊瑚塊搭建傾斜的長形大灶。將瘦長的灶爐裡頭墊高，末端裝上煙囪。在這長形灶的上方，放置一排裝了海水的油桶。在灶口處點火燒柴，讓火充分的燒到最裡頭。

大夥把從寶島搬回來的柴薪堆疊成山，點了火一整天不停的燒。但是，就算寶貴的柴木轉眼就要燒光，但製成的鹽卻少得可憐。

「這樣的話就沒辦法了——怎麼辦？」

大家頭靠著頭商量對策，漁業長想出了一個好點子：

「我們找些體積大的海綿收集起來，倒入海水，在太陽下曬乾。然後再倒海水。經過幾次反覆作業，最後，海綿裡的水會含有高濃度的鹽分。到時候再把海綿裡的汁擠出來熬煮，應該就沒問題了。」

「這個想法太棒了。」

「是新發明啊！」

「那麼，今天的作業就是收集海綿。」

海中生長著顏色黑濁的大海綿。摘下大量的海綿，用海灘上的沙將它填滿。放置一段時間，海綿蟲就會死掉。

同一時間，把煮飯爐灶的灰掃集起來，放入桶子裡，再加入井水，攪拌成鹼水。海綿用沙填塞放置兩天之後挖出來，置於陽光下曝曬，然後再用鹼水仔細清洗，就能變成乾淨的橘色海綿。

大量的海綿沖洗乾淨後，放在沙地排好，澆入海水。大約到半乾的時候，再澆入海水。同樣的步驟重複多次，最後海綿就會飽含濃厚的鹽份。把它放在裝海水的油桶裡，細細的搓揉，擠壓。再熬煮那桶水的話，只要一點點柴薪就能取得相當多的鹽巴。因為對製作流程還不太嫻熟，做出來的鹽巴呈現鼠灰色，雜質多，但已經能用來調味了。

炊事值日生立刻用這鹽巴做了酥脆的鹽烤魚。大夥兒都樂壞了：

「怎麼會這麼好吃。」

「也可以做鹹魚了。」

於是我說：

「這麼一來，鹽巴也有了。再多想幾個點子吧！」

製鹽的值日生又增加了一名。而且，在精益求精的製作過程裡，終於製造出大顆結晶的白鹽了。

後來，因為需要用到柴薪的關係，就改在寶島製造鹽巴。

把帳篷改成茅草屋

某一天，漁業長宣布：

「因為我們編織了魚網，用掉了相當多的帆布。今後，編網的材料也只有帆布可用。而且，假如有人生了重病、受傷，也需要帆布做成吊床。到了冬天，還要拿來作為守望值日生的外套。除此之外還有很多的用途，帆布真的十分珍貴，用它當成帳篷實在太可惜了。若是一直用帆布搭成頂蓋，過個一年恐怕就要破了。過了兩年，肯定會破爛不堪。幸好，寶島的漂流木當中，有木材、長木板、船艙門板等。而且，本部島與寶島都長了茂密的雜草。所以，我們拆掉帳篷，搭個茅草屋，各位覺得如何?」

眾人都覺得這是個好主意，全都毫無異議。十六個人中，大多都是在漁村、農村的茅草屋頂下出生、長大的，因此感到十分親切。大家在寶島收集了木材，割下長草，把本部島和寶島的小屋，都換成了茅草屋頂。

在水手長的巧手建設下，以結實的木質骨架立起了柱子和屋頂，又在屋頂鋪上了厚厚的一層草。夜裡睡覺的時候，四面圍上帆布避風，白天，則將帆布捲起來。下雨的時候，把避風用的帆布拿到外面攤開，接引屋頂流下的雨水，儲存在油桶裡備用。而且用草根在茅草屋頂編成像花紋一般的「水」字，保佑我們能多儲存一些寶貴的雨水。

島上不時會下雨，我們會將累積的雨水和著井水飲用。

草對我們來說，是很重要的材料。我們盡可能的保護草根，讓草長得更茂盛。

用茅草鋪了屋頂後又想到了別的點子。用傑克刀把兩島的長葉草割下來，在太陽下曬乾，做成馬可以吃的乾草，為過冬預作準備。

將乾草編織成草席之類的用具，鋪在草屋中，或是做成被子、腰帶，還是小屋裡的屏風。

整體來說，帆船的水手對手工藝很在行。

在船上的時候，他們就會解開老舊的繩索，拆成長毛線那樣，再把線編織成鞋墊、草席。此外，他們也很會編織，像是包在船帆或粗繩等容易摩擦之處的防摩擦裝置。

身處在島上，大家都是趁著休息的時候，一邊聊天、一邊編織乾草，製作出漂亮的乾草鋪墊或是提籃。

連用來綁柴薪的繩子，也都是草繩製成的。

此外，我有考慮在入冬之後，要利用鳥的羽毛來代替棉布禦寒了。

龍宮的花園

離開小島稍微接近外海一些，海就非常的深了。大體上，若將海的深度與山的高度相比，海的深度略勝一籌。若是把世界最高的山沉進世界最深的海裡，山會完全看不見頂吧！從山腳下仰望世界最高的山峰，景色壯闊而美麗。但相反的，從高空中搭乘熱氣球俯視這座山，一定也會感受到另一種美感和偉大。

從天空中可以俯視，我們所居住這個空氣世界裡的高山，從高處也可以俯視魚群棲息的水世界高山。

在天氣晴朗，水面無波的日子，划著舢舨出去，到離島嶼稍遠的外海往下望。海面就像是水世界裡的高空，島嶼則像是突出於雲上的高峰之頂。從山頂上陡直而下的萬丈深谷，一直連綿到黑暗不見一物的海底。所以，舢舨船就等於是飄浮在水世界天空裡的熱氣球。

白天，太陽光直射下來，可以看到水裡相當深的地方。從小島滑入深海谷底的坡面，是一片海藻林。有魚群在林間穿梭游動。接近山頂的地方，也就是淺水處，有一畦花田，這裡最美也最有趣，生長著茂密的美麗海藻和珊瑚。不管看向哪個方向，都有藍、綠、褐、黃、紫、紅等鮮豔的色彩，令人目不暇給。而且，那些海藻和珊瑚的形狀，有的是枝條的組合，有的只有葉子，也有的像很多果實、捲心菜集結而成的模樣。如果以陸地生物來比喻的話，只要想像成大大小小各式各樣的仙人掌，放大了好幾倍之後，密密麻麻叢生在一起的樣子就行了。

但是，那顏色之美、種類之多，實在是難以形容。舉例來說，就如同黎明前幾千、幾百朵牽牛花，層層疊疊一齊綻放的情景。陸地的花園，不論再怎麼美也難以相比。大型的海葵就像美麗盛開的大朵菊花，而軟珊瑚中的海莓與豔紅的大草莓長得一模一樣，宛如走入了童話世界龍宮裡乙姬公主②的花園。

而在這些美麗的珊瑚石、閃長岩、海參石、仙人掌石、黑角珊瑚、海笋、海綿、海百合、海筆等色彩奪目的圖樣之間游進游出，自在嬉戲的，是色彩更為鮮麗的魚群。

這些魚兒色彩之美、形狀之珍奇，比起珊瑚和海藻，更勝一籌。人說陸地上最美的動物，是蝴蝶和鳥。但棲息在這些珊瑚礁裡的魚群，像是蝶魚、雀鯛、裂唇魚等的美麗，實在不是我所能形容的。牠有著比珊瑚、海藻更強烈的顏色，鮮紅、桃紅、深紅、黃、橙、褐、青、綠、藏青、寶藍、淺藍、黑等，宛如剛剛上了漆一般油亮、油亮。此外，這些色彩的組合也極為有趣。從多色相間、粗直紋、橫紋到完全難以想像的顏色，應有盡有。而且，形狀多半也很稀奇。牠們擺動著長尾或奇形怪狀的魚鰭，在海中悠游，彷彿是陸地上的蝴蝶、美麗的鳥群飛舞在盛放的花叢間。

當我們正為牠絢爛的美麗看得著迷時，那美麗的顏色卻陡然一變。原來只要受到驚嚇，魚群們就會變色。這時，大型魚類倏地游過來，而這一群大魚又如箭矢般倉皇的消失無蹤。原來一群形狀彷如水雷似的巨大鯊魚，正神氣非凡的往這裡靠近。長著滑稽怪頭的雙髻鯊，正要從海中通過。千萬不可小看這群大鯊魚，牠們能把舢舨那樣的小船整個掀翻。

②日本童話〈浦島太郎〉中，龍宮裡的公主。

這番海中奇景，在天氣晴朗的時候，可以清楚的透視到約四十公尺的深度。因為海水清澈乾淨，二十公尺的深度看起來也只有五公尺左右。

太陽一直往西走，夕陽為小島降下了紅色的簾幕，海洋也變成一片火紅。不久後，天空、小島和海面都被夕靄所籠罩。當星光映照在海面上，眾多悠游的魚群也都不知跑到哪裡去了。當龍宮的花園裡，那些炫耀著土耳其玉藍鱗片的小魚們都不見蹤影之後，海裡出現了成千上萬，螢火蟲般的小小光芒，上下左右搖曳擺動。是天上星光的反射嗎？不是，那是一群夜光蟲。

發光的魚群，像是在誇耀自己晶亮的衣裳般穿梭在那些光芒之間。這景象多麼美啊！然而它也是難以用言語來說明的。而且低頭俯望海中光點閃耀的夜光蟲，數量比起仰望空氣世界的星星還要多。

當我們值班釣魚的時候，划出舢舨就能看到這一片水中世界。而龍宮花園的美景、魚類絢麗的色澤、有趣的習性，都帶給我們無比的喜悅。很多事物越看越加以思索，便越覺得不可思議。一點一滴在研究它的過程中，又會湧出許多難以言喻的樂趣來。

經由漁業長的說明，接受實地教育與研究指導，讓大家增長了許多知識。漁業長與他的助手小笠原老人，將這片珊瑚礁之海稱作我們的標本室。這兩人好像把太平洋當成自己的家了。至少，他們認為本部島和寶島附近的海域歸屬於他們吧！

這裡釣到的魚種類繁多，像是裸鰆、鰹魚、金梭魚、魚頭刀、川紋笛鯛、平鯛、平鰹、脂眼凹肩鰺等。偶爾也會遇到長兩公尺，如人腿一般粗的海蛇，或是尾部藏有毒針的魟魚，不過牠們也被釣上來了。鯊魚雖然有很多，但是卻都釣不到。

海灘則常有貝類像砂礫般被沖上岸。數百種不知名的貝類，比大學博物館標本室裡的收藏還多。而且貝類也可以食用，海膽、馬蹄螺、珍珠蛤我們都經常吃。

島嶼的海灘，都是白珊瑚破碎後所形成的雪白細沙，在耀眼的日光直射下，宛如白銀般閃閃發亮。

白沙上經常有各種色彩的大小螃蟹出沒其間。大塊珊瑚陰影下的是綠色螃蟹，牠會像鯨魚噴水一樣吐出水來。還有種會叫的螃蟹，會在沉靜的夜裡發出「咕咕咕咕」的叫聲。體型最大的一種螃蟹會等待天黑，鳥的眼睛看不見的時候，用拔釘鉗般的夾子，把燕鷗的幼鳥夾住帶回自己的洞穴中，就像盜賊一樣。

有人可能會以為，在這無人島的期間，我們一定很寂寞、很無聊吧！但其實，一點也不會。

連天空的浮雲也都使出渾身解數來安慰我們。雲朵映照著朝夕的日光，一再展現出美麗的色彩。尤其以積雨雲最為有趣，令人百看不厭。

雲山會變幻成各種不同的造型，有時是妙義山[3]，有時是金剛山[4]。而它隨時又會幻化成雪人或大佛。有時候，它宛如一片墨黑的牡丹花叢，漸漸平行擴展開來，然後像軍隊快速奔跑般朝著島上的方向行軍，在外海的方向下起雨來，垂下淡墨色的雨幕。雨幕隨著風一同飄送到島上，賜給我們甜美的飲水。

大夥兒都是如此親近大自然，把自己周遭所有的一切都視為好友。

萬事萬物的好與壞，端視你是如何看待的。就算生活在無垠海洋和高遠藍天下的這座米粒小島也是一樣，個人的心念轉折會令人愉快，也會令人憂慮。

明知救援船遙遙無期、不知何時才會到來，卻仍然殷殷期盼的十六個人；明知也許幾年才會經過一次船隻的蹤影，但仍然耐心瞭望搜尋的十六個人。這其中，只要有一個人軟弱怯懦，會變成什麼樣的景況呢？

軟弱的人會出現夜不成眠的毛病。晚上，夜深人靜的時候，仰望星空，凝視著銀河緩慢流動的光芒，不時會看見一、兩顆星星拉著長尾巴飛躍而逝，於是便想到：

「啊！那顆星星是飛往日本的方向——那邊是日本啊……。」

腳邊拍打上來的海浪，發出沙沙的聲響讓心情更加悽涼。悄然掩至的涼風，吹動茅草屋的帆布屏風，沒來由的令人覺得悲傷。看到了月亮，便想起了自己的故鄉。細細思量起來，引領久候的帆船，怎麼盼也看不見蹤影。心情失落，日思夜想，終於染上了病。從前漂流者打從心底詛咒廣闊無邊的天空，與蔚藍大海的說法，都能使人深感戚戚焉。

③妙義山：位於群馬縣，為日本三大奇勝之一，標高一一〇三公尺。
④金剛山：位於奈良縣與大阪府縣境上，標高一一二五公尺，是金剛山脈的主峰。

最要不得的就是兩手空空，四處遊晃。因此，我們每天的作業，每個人都按順序輪流負責。從瞭望塔的值日生，到炊事、撿柴、劈柴、釣魚、管理海龜牧場、製鹽、宿舍打掃整理、萬年燈、雜務，除了這些工作以外，臨時性的作業也很多。自從發現寶島之後，又多了划船到寶島的舢舨值日生，和在寶島上的各種事務。

這些作業，不論哪一件都是我們為了生存下去所必須做的事情。每個人都專注的投入自己手上的每件工作。

我最感激的是，部下們都很清楚的知道「一個人做的事，與十六個人息息相關。十六人為一人，一人為十六人。」因此，從不懈怠的磨練心志。

一輩子的寶藏

文具用品

漸漸習慣了島上生活以後，時間變得比較空閒。因此自六月中旬開始，便每隔一天在上午和下午加入講課時間。

我和大副為實習生、船員，以及年輕水手和漁夫們，開了船隻運用術和航海術的課，漁業長則負責漁業和水產的講課與實習。除此之外，我還是數學和作文老師。

文具用品花費了我不少心思。我用三支鐵鏟當作石板，海膽刺作為石筆。島上的海膽很大顆，擁有如同栗子外殼的刺，粗得跟大人的小指頭一般大。剛開始是紅色，但經過陽光曝曬之後，就會變為白色，代替石筆相當耐用。我們就用它在鏟子石板上，寫簡短的文句，做計算。

習字，是將木頭削成細筆，在沙上練習書寫。

我教兩名實習生和三名歸化人學習漢字。歸化人則教實習生和船員，練習英語會話和作文。

所以因為某些因素，工作量較少的時候，那天就像在學校上學一樣。每星期我都會向所有人做一次精神訓話。

「我想要墨水。」我說。

水手長收集萬年燈累積的油煙，混在白米煮的稀飯裡，做出了近似墨水的液體。還用海鳥的粗羽毛，做了十分好用的羽毛筆。不過，這墨水還是沒辦法寫字。

於是，漁業長將脂眼凹肩鰺的皮剝下來熬煮，製成膠，再混入水手長的墨水裡，終於做出了道地的墨水。這種墨水防水，就算在帆布上寫字，浸到海水裡也不會消失。

因此我們在救生圈貼上帆布，拿墨水先用日文寫上：

珍珠與赫密斯環礁，龍睡號遇難，全體十六人生還，乞求救援。

再將同樣的意思寫成英文，划著舢舨帶到外海，然後在心中默念：

「我們的黑潮啊！請你把它帶到日本吧——救生圈啊，祈求經過的船隻將你撈起吧！」

另外也在救生圈上立一根帆布小旗，便於吸引目光。

「墨水啊！經歷再多年的風浪也求你不要消失。——文字啊！請永遠保持清晰，直到有人讀到它……。」

十六個人把全部的指望都寄託在這只救生圈和墨水上。

由於製成了墨水，我開始在帆布上寫日記。寫在一條類似女人腰帶般的長帆布上。幾年後，它將會成為一幅大捲軸。另外，我也用帆布製作課本讓歸化人閱讀，當然也都是捲軸做的。

一天工作完畢，夕陽西下之際，就是全體的運動時間。相撲、拔河、推棍、游泳、繞著島跑步幾圈。之後，再來個海水浴、吃晚飯。天天都按著這個順序，有規律的進行。

有月亮的夜晚，即使到了晚上也會玩相撲，大夥兒還鋪了一個道地的土俵。晚餐後也流行唱歌、吟詩。歸化人教大家唱英文歌，唱著和水手起錨時合唱的歌曲。他們同時也學習吟詩。

不知不覺到了就寢時間，一日來的疲累，讓大家倒頭就睡，無暇思考軟弱怯懦的念頭。即使大夥兒這麼安穩的睡著，瞭望值夜員站在高塔上，還是不敢怠惰的向四方瞭望，注意有沒有船隻經過。瞭望值日生在晚上十點前由青年組擔任，十點以後到黎明則換成老年組。白天則是全體輪流看守。

茶話會

對我們十六個人而言，雨水是恩賜。因為那是老天配給我們的大量蒸餾水，也是我們的生命之水。

下雨的日子，大家格外的開心，春風滿面。不只是為了儲存雨水，還有其他的原因。

這是因為下雨的日子，下午會在小屋裡開茶話會。茶話會那一天，會用雨水煮珍貴的米湯，配一個罐頭或是螺肉來當點心。這是島上最豪華的盛宴，大家都忍不住發出嘖嘖的讚嘆聲：

「啊，真好吃。沒想到米湯的味道這麼鮮美啊！」

「好吃到舌頭都快融化了呢！」

而且，雨天的茶話會總是既熱鬧又歡樂，餘興時大家展露的絕技，時而令人佩服，時而令人拍著肚皮大笑。笑聲與鼓掌聲振動了太平洋的空氣，迴盪在海波中，而且甚至驚動了海豹島上的海豹好友。海豹好友也配合著人類好友的嬉鬧，齊聲嗷叫了起來。

茶話會裡聊的話題，多半是對青年們有助益的事，也都是適合我們無人島上的話題。但還是以海上經驗談比較多。

小笠原老人經常是主講人，他在海上生活了四十四年。而且他是十六人當中，既是年紀最大的長者，也是在海上生活最久的人。他曾經搭乘帆船追逐鯨群，從太平洋的一角航行到另一角去。還曾開玩笑的說：

「我是太平洋的主人。」

他很健談，又會比手劃腳的模仿各種動作。說話不僅風趣，日語也很流利。

小笠原老人在第一次茶話會上，說了這樣的見聞：

你們大家雖然都叫我老人，其實我不過才五十五歲。只是這一叢亂糟糟的鬍子，和胖嘟嘟的身材，看起來像個老人吧！

我的爺爺出生在美國捕鯨的大本營，大西洋沿岸的北方小島南塔克特島，我的爺爺、父親和我，代代都是捕鯨人。爺爺擁有一艘一百一十五噸的捕鯨帆船，叫做卡利鯨與安妮號。他是船長。

爺爺年輕的時候，在一八二〇年（江戶時代的文政三年），搭乘捕鯨船到太平洋日本沿岸、金華山的外海，曾經發現過大量的抹香鯨群。

那可是幾千頭抹香鯨聚集在海面噴水呢！發現牠們的第二年開始，當時世界捕鯨業最強盛的美國，全國各地的捕鯨船全都聚集到了金華山外海，大肆捕殺鯨魚。到最後來自各國大大小小七百多艘捕鯨帆船，也都集中到金華山外海，從此太平洋再也沒有鯨魚的蹤影了。

一八二三年，那艘美國捕鯨船發現了小笠原島的母島。小笠原島有個很好的港口。整年沒有寒冬，還有乾淨的飲水湧出。林木資源豐富，柴薪取之不盡。而且，島上的附近也常有鯨群徘徊。而且，當時它還是座無人島，上岸的船員搭起了帳篷休養生息。後來還建造起堅固的房子，有好幾位捕鯨人在此定居下來。

我父親在小笠原也有個家。而且，一八四五年（弘化二年），我就在這座島上出生。父母親幫我取名為弗里斯特・威廉。

那時候，捕鯨船上都把小笠原島叫做波寧島。聽別人說，是因為有人問了日本官役：

「那座島叫做什麼名字？」

對方說：

「那是無人島（bujintou）。」

可能他們把「無人」聽成了「布寧」，所以最後變成了「波寧島」。

再說回來，我四歲那年的一月，有人在美國舊金山這個偏遠的地方發現了源源不絕的砂金。因此，美國和歐洲各地的貪婪人士，扛著鐵鏟蜂擁而至這個冷清的小港口——舊金山去挖砂金。

渴求砂金的貪婪病立刻傳染給捕鯨船的船員，美國太平洋沿岸各港口停泊的捕鯨船上，水手、漁夫，甚至大副都喊著：

「捕鯨不如去淘金。」

並且紛紛背起身上的行囊，下船的下船，逃跑的逃跑。一艘艘捕鯨船只能在港裡下錨，動彈不得。突然之間，美國的捕鯨船全都癱瘓了。

但是我父親是個天生的捕鯨人，什麼砂金不砂金的，他根本不屑一顧，他就喜歡溫暖舒適的小笠原島。

終於，十一歲的春天（安政二年），我的願望成真了。父親讓我上了他的船，到太平洋去捕鯨。我太高興了，恨不得早一點學成出師，射出我的第一支魚叉。

剛開始，大人把我綁在桅杆上方，其實是在瞭望台下的木桶裡，我躲進木桶，練習瞭望。我沒有輸給上面瞭望的大人，很快就發現了鯨魚噴出的氣息。然後用唱歌的音調，拉長了聲音，好像鯨的呼吸一般，用最大的力氣叫道：

「布羅──斯───厚！」

鯨魚噴水的現象，英文叫做「布羅」（blow）。然後，我伸長了手臂，指向看到的方位。於是，下面的人會從甲板仰頭看著桅杆，問：

「是哪一種鯨？」

從鯨魚噴水的方法就可以清楚辨別出鯨魚的種類。

這時候若不立刻說出：

「抹香！」

或是

「長鬚！」

就會被大人狠狠的斥責。如果說錯了，更會令他們大發雷霆，發脾氣時總會罵道：

「你這個砂糖崽仔！」

這個聽在小孩子的耳中，就好像雷聲從頭頂劈下來似的，只能硬著頭皮承受。

會這麼罵是有原因的。在你成為獨當一面的海上男兒之前，要經歷過數千次，也許無數次的海水灌頂，耐受鹽分滲入骨髓的考驗。因此，獨當一面的海上勇士是「鹽」。像我這種特別的海員，則是「老鹽」。鹽的相反是糖，按照這個道理，對一個想成為海上男兒的人，被罵成「砂糖崽仔」是個莫大的恥辱。

鯨魚噴氣一次六秒，十分鐘能噴出六、七次。噴出長達十秒鐘、水霧特別濃的水氣，這是牠準備沉入深海之前，鯨魚要把肺中空氣一次噴盡的關係。

有時候噴出的水霧可以到達十公尺以上。水霧筆直的往上噴出，末端分成兩股的是露脊鯨；噴出一支粗大水柱的是座頭鯨；噴出高而細長的是藍鯨，比較短的則是長鬚鯨；高度最低，但也有四公尺左右的是塞鯨；朝前方四十五度的角度噴射的是抹香鯨。

抹香鯨有牙齒，強壯有力。同類的鯨群之間，彼此也會爭鬥。由於抹香鯨油的品質最好，所以所有的捕鯨船都想獵捕牠。用魚叉叉中之後，牠就會變得發怒狂暴，但只要被牠那又硬又大的頭輕輕一撞，或只是用尾巴隨便掃中，小船立刻就會粉身碎骨。有些時候牠會對準母船衝來，但就算是母船，被牠一撞也會出現裂縫終至沉沒。

我第一次看到「鯨躍」時，真的是又驚又喜。應該很少人看過背上長了鰭的塞鯨，一次又一次不斷躍起的模樣吧！牠雖然身形巨大，但卻能頭部朝上幾乎垂直地躍出海面高達十五公尺，尾部也高高的離開水面。接著畫出一個大大的弧線，從頭部撲通的鑽進海裡，然後又再次躍起。上等鞣皮般的白色腹部，有數條大而深的縱向皺褶。

灰色的背部有塊小小的三角形鰭。整個鯨身在陽光下閃閃發光。

抹香鯨也很善於跳躍。超過十五公尺長的身軀，剛開始沿著海面，以極大的速度急馳，轉眼之間，牠微微的躍起，最後嘩的衝到空中。方形的頭部朝上傾斜四十五度，然後將那全世界最大的軀體，完全向空中躍出。那種壯觀的景象該怎麼說才好呢？我是無法形容啦！畢竟，在地球上的動物之中，就體型的巨大來說，牠可是王者呢！

接著，落水時造成的水霧、聲響，宛如水雷爆炸一樣。而且是三、四頭一起哦！轟——地發出海鳴，回聲傳達到極遙遠的地方。這種奇景，在陸地上當然是看不見的。令人深深感覺，海洋那麼廣闊，所以動物也格外巨大呀！

此外，我還有過這種經歷。十五歲的時候，我坐上了父親的船，到阿拉斯加的最北端——巴羅岬再往東行。沿著冰的裂隙通過北冰洋，從船上好幾次看到白熊在冰上踽踽獨行。

「父親，可以捕捉白熊嗎？」

我問。父親說：

「不可以用火槍打，或是用魚叉刺死。徒手活捉倒是可以。」

父親對那時還是少年的我這麼說——你還沒有能力獵熊，千萬別做那麼危險的事——現在，我明白了那是父親對我的疼愛。但是，當時無法體會到他的慈愛。

我那時想到的，卻是很不孝的想法：

「父親在考驗我的勇氣。白熊的身型比鯨魚小多了，不可能活捉不到——好，讓我來試看看。」

然後，我決定學美國的牧童騎著馬、戴寬邊帽，把繩圈轉啊轉的套在野馬或野牛頭上那樣，生擒活抓白熊吧！我要讓父親和船上的夥伴們大吃一驚，然後把白熊的毛皮送給爺爺，討他歡心，這樣我就能變成英雄了。我在心中暗暗下了決心，立刻開始獵熊練習。

白熊一遇到人靠近，就會用後腳站起來，伸出前腳，一躍將人抱住。所以我要先發制人，用繩圈套住熊的脖子。然後立刻用繩子將牠的前腳套住，用力的把牠往前拉倒。如此一來，就可以用纏在熊腳上的繩子，綁在牠的脖子上進而成功活捉了。

首先，我在長繩的末端嵌入了一個小金環，將它穿過繩子，做一個大大的索套。然後把木頭擺成十字，當作白熊的替身，我把自己綁在甲板的扶欄上，把擺成十字的木頭當成熊的前腳，距離十步左右開始練習投繩。

套中脖子之後，繩索立刻繃緊，我再把金環拋送過去，將左右前腳都套上這環，接下來只要奮力拉回來即可。在三、四天時間裡，我連吃飯時間都節省下來，努力的練習。專心對於小孩來說十分的有用，我很快就上手了。可惜的是，終於要和白熊正面對決時，船卻出航了。父親一定是認為「再這樣下去就太危險了」吧！

投繩也是一項很好的運動，而且經常派得上用場。大家要不要試試看啊？我來教你們。

接下來說說為什麼我會從弗里斯特·威廉，變成小笠原島吉的經過吧！

三十一歲的時候，明治八年，波寧島成為日本的領土，定名為日本小笠原群島。那是我出生的島嶼、心愛的島嶼。小島既然成了日本的領土，我自然也就是日本人了。這是理所當然的吧！所以，我歸化成了日本人。弗里斯特·威廉的名字也改成了日本名，沿用島嶼的名字，叫做小笠原島吉，怎麼樣，名字取得好吧？

我再說說漁夫範多的家世吧！範多的老爸本來是個捕鯨船的射手，後來轉為獵海獺的射手。他也是火槍高手哦！射手在英文中念成HUNTER。射手的兒子愛德華・弗列德里克歸化，也就以老爹的職業為姓，叫做範多①鎗太郎。

在這裡的另一個人是我的表弟，哈里斯・大衛。取名父島一郎，是因為他住在小笠原群島的父島。所以以島名來命名。

下次再說說更有趣的故事吧！今天到此為止。

帳篷中，響起了如雷的掌聲。

①範多的日文念起來近似「HUNTER」。

鳥郵差

七月初，在寶島發現到一塊名片大小的銅牌，上面還有可以穿線的孔洞。這張銅牌的表面依稀有些類似英文的文字，所以大副把它帶回來交給我。

把望遠鏡當成放大鏡仔細檢查，那是用釘子刻的英文。似乎經歷過悠久的歲月，幾乎都快要消失殆盡。歸化人和實習生裡懂英文的人，全都圍過來，好不容易辨識出的文字，只有：

「……、……島，遇難、五人生存，求救——一八……年……」

船名和島名、年月都消失了。

因此這個銅牌，是外國船在某座島上遇難殘存的五個人，用貼在船底的銅板，以釘子刻寫的求救信，然後掛在海島的脖子上，飛到這附近來的。

「那五個人不知道怎麼樣了。」

實習生秋田說出了大家的心聲。

小笠原老人斷然說：

「沒必要擔心，這是很久以前的事了。遇到這種情形，都把它當成獲救就行了。」

「銅牌是個好點子，我們也趕快學他們做吧！」

我從我們的倉庫中，把之前寫漂流信留起來的銅板拿出來，做了十片銅牌，又打了穿線用的孔。

然後，用釘子寫上日文：

珍珠與赫密斯環礁，龍睡號遇難，全體十六人生存。乞求救援。明治三十二年七月。

背後用英文寫上同樣的意思。由會員和實習生寫日文，英文則由歸化人負責。寫的人個個都抱持著「這次一定有用」的心情，專心的寫下。

「國後，你去抓幾隻可以掛上這些銅牌的鳥來，盡可能抓些夠健康的鳥。拜託你了。」

大家都知道鳥與國後是好朋友，也都為此嘖嘖稱奇。

我們在國後抓來的海鳥脖子上，小心的掛上細鐵絲繫住的一片銅板，然後將牠放飛。但銅片太大、太重，鳥兒飛不動，因此，不得不將銅片縮小。了解了鳥的脖子可以承受的大小重量以後，我們在燕鷗、信天翁等共十隻鳥的脖子掛上銅牌，帶到海邊後放飛。

脖子掛了銅牌而受驚的鳥兒，一隻隻朝著四面八方高飛而去。雨雲低垂到海平面，眼看就要下起雨來。但大夥兒仍然站在海邊，望著鳥兒飛去的方向喊道：

「鳥郵差，拜託你們囉！」

「比起海潮郵差，鳥的速度快，也許更有用。因為牠們會降落到某座島上。但若是無人島，辛辛苦苦送去也沒有人收……。」

「燕鷗和信天翁，不知道哪個比較靠得住？」

大家紛紛把想法說出來。

淺野實習生突然大聲說道：

「有那些鳥的話，就和以前故事裡說的一樣了……。」

水手長被他的聲音嚇了一跳，回過頭說：

「你說什麼？故事裡的鳥聽起來好像有典故，說給我聽聽。」

只要聽到什麼不懂的事，無論對象不論問題，都要打破砂鍋問到底，這是水手長的好習慣。好像是我某次曾經說過：「問是一時之恥，不懂是一世之恥」。從此之後，他就照著我的話去做了。

「這故事很古老，而且說來話長。」

「這樣的話，大家一起坐在沙灘上，聽你說故事給我們聽吧！」

這群孩子就是這麼勤勉，一旦有機會遇到不了解的事情，總是會設法研究它、了解它的原委。

大夥兒在海灘圍成圓圈，盤腿坐下，聽淺野實習生開口說故事：

「這是在很久以前，我從一本修養書上讀到的故事。距今兩千年前，中國漢代有一個人叫蘇武。他擔任皇帝的使者，前往北方的匈奴國。但是匈奴把蘇武抓起來，逼他投降、臣服於自己。蘇武不願接受，因此匈奴把他推進一個大洞穴裡，不給他食物，蘇武過了好幾日都不為所動。匈奴看到蘇武這麼堅決，知道他並非等閒之輩，決定不殺他，而是把他放逐到極北的無人荒原上。匈奴還給了他幾頭公山羊，告訴他『若是這些公羊生出了羊奶，我就放你回國。』然而蘇武還是堅忍不移。一開始被丟進洞裡時，天上下了雪。所以，他拔下自己身上衣物的毛氈，混著雪充飢。被放逐到荒原之後，他有時吃野鼠，有時吃果實，就這樣捱了十五年。

「到了第十九年，漢國又派了使者到匈奴國，請求釋放蘇武。然而，匈奴卻說蘇武很早以前就死了。漢國得到間諜的通知說，匈奴知道蘇武還活著，所以一定會這麼說。於是想出了一個計畫，要使者對匈奴說：

「『蘇武並沒有死，他還活著。不久之前我國皇帝出外狩獵，放箭射下一隻飛翔的雁，雁的腳上繫著一片白布，上面有墨跡。解下來打開一看，原來是蘇武寫的信。上面寫道：我在北方荒野上，請救救我。請您不要再說謊了，快快將蘇武還給我們。』

「這個計策果然騙過了匈奴人。他一言未發，將待在北方十九年的蘇武釋放回國了。

「因為這個典故，後來就將書信稱為『雁帛』」。

不論聽故事的人還是說故事的人，剛才都用釘子在銅牌上寫下了求救訊息，掛在海鳥的脖子上讓牠飛走。所以聽了蘇武的故事，大夥都深受感動。水手長十分佩服的說：

「同學，謝謝你。我明白了。蘇武這個人忍耐了十九年呢——我們才剛剛開始呀！」

龍睡號的船員們都有海上男兒不屈不撓的精神，個個都是了不起的勇士。難得的是他們從不會感到沮喪，「只要留著一條命，總有獲救的機會的」，大家都懷抱著希望。在請海流傳遞、野鳥運送的書信中，都不曾放棄過希望。

小笠原老人對大家說：

「聽到剛才的故事，我越發覺得這真是座好島。天氣暖和，又有食物。人數多，所以夠熱鬧。而且，還能聽到許多精彩的故事，有所長進。我們真是太幸福了，大家要永遠奮鬥下去。」

平常負責炊事指導的大副說：

「有人只靠著野鼠和果實，就忍耐了十九年。我們還有魚、龜做的午飯呢！大家加油吧！」

邊說邊準備中午開飯。

我們午飯的菜色，有鰹魚生魚片，配島上生產的山葵，悶烤馬蹄螺，還有烤龜肉。和野鼠、果實相比，真的是天壤之別。

「真感恩哪——這麼豐盛！」

「還可以再奮鬥個幾十年吧！」

不知是誰無意間冒出了這句話，完全說出了十六個人的心情。

眾人來到帳篷中，船長我坐上座，其他人分別坐在兩側，面對面規矩地坐在草席上。

炊事值日生準備的菜，今天吃起來特別美味。當大家對於充足的糧食滿懷感謝細細的咀嚼，烏雲密布的天空突然啪噠啪噠的落下斗大的雨水，隨即又變為滂沱大雨。

「啊，有水了！」

一夥人立刻放下筷子，忙不迭的將擋風布拉到外面儲存雨水。下到草屋屋頂的雨，淙淙的流進油桶中。大家喜悅的看著這個光景，又熱鬧的繼續開飯。

這天午後，也按照雨天的慣例開了茶話會。漁業長捕鯨的故事、歸化人範多鎗太郎獵海獺的故事說完後，小笠原老人就順著上午我們做的銅板明信片，說起了船與郵件的故事：

在我們年輕的時候，捕鯨帆船到哪裡都不會靠岸，一整年就在大海之中到處航行追逐著鯨魚。誰也沒想過要寄信給家鄉或朋友，不過在太平洋上，真的有一個郵局。

那是從南美洲厄瓜多爾海岸，往西六百海里，太平洋赤道正下方有個火山群島，叫做加拉巴哥群島。那是個有十多座主島，由六十個火山島聚集組成的群島，最初是由西班牙人所發現的。

加拉巴哥是住在陸地上的烏龜，這種龜是陸龜中最大的一種。背殼的直徑長達一公尺半，人騎在上面，牠也能輕鬆自在的緩緩爬行。加拉巴哥島就是因為島上棲息了大量的加拉巴哥陸龜，才因此得名。這種烏龜另外又稱為象龜，一方面是因為牠的身體龐大，此外也因為牠的腳與象腳很像。據說這些島上有七種烏龜，不同的島嶼，居住烏龜的種類也不同。

一直到不久之前，這些島上都還無人居住。所以從很久以前，船隻最方便停靠的島嶼，就成了海盜的巢穴。後來，捕鯨船在這個島的港口靠岸，汲取飲水、劈柴。為了補給糧食，還採集了樹果、抓了野生鳥類、野獸和加拉巴哥龜。

整體來說，這座島上有太多珍奇的動物。像是有很多長達一公尺以上，叫鬣蜥的大蜥蜴，也有不會飛的禽鳥。而且小鳥們都把人類當成了朋友，隨意停在人的肩膀上，或是會戳戳人類的鞋尖。

這座無人島的港口，從百年前就成立了著名的加拉巴哥郵局。而且在捕鯨船同好之間，發揮了極大的功能。這所郵局是一八一二年英美爆發戰爭時，英國軍艦艾塞克斯號的艦長波特先生所設置的。

雖然稱之為郵局，但其實，那只是在一下船就會看到的地方，一塊熔岩的裂縫上，放著一個用倒扣龜殼為屋頂的空箱子，當成郵筒。就只有這樣。

郵局成立之後，捕鯨船的船員只要船隻一靠近小島，就會立刻上岸，找到龜殼下方的郵局，尋找寄給自己或自己船隻的書信。或是將自己寫給其他船隻好友的信，投遞進去。如此形成了一種有趣的慣例，而且長久的持續下去。

另一個太平洋的郵件傳遞系統，則有些與眾不同。在赤道往南的遠處，南緯二十度的地方，有個東加群島。它是由近百個小島所組成，其中有個紐阿佛島，水手們都不愛稱呼它正式的名稱，而是暱稱它為「白鐵罐島」。

這座小島不論朝向哪個方向，距離它最近的島嶼都要三百海里以上。由於它位在斐濟島與薩摩亞島之間的汽船航線上，寄到該島的郵件，都是汽船經過時送去的。

但是，這座島嶼四周風大浪高，不管是汽船攜帶郵件送到島上，還是從島上划小船到汽船上去收信，經常都無法達成。所以，在海浪洶湧的季節中，人們會把寄到該島的郵件，裝在白鐵罐裡封好。汽船會從島的上風處將鐵罐丟進海裡，便頭也不回的離開。島上的人看到汽船丟下白鐵罐，幾個善泳的島民就會投入大海，游泳將這密封的罐子從大浪裡撿回來。因此，大家才叫它為白鐵罐島。

野葡萄

在島上定居下來以後，我們突然過起了野人的生活。喝的水是帶著鹹味、石灰質含量高的井水，吃的食物不是海龜就是魚。因此，十六個人都馬上腹瀉不止、痛苦難耐。這段經歷在前面已經提過了，自從吃過這種苦頭，大家為了怕再生病或受傷，彼此都很關注大夥的身體。

魚和海龜取之不竭，就算吃得再多，還是可以無限量供應。但是吃太多可能會搞壞身體，另外也要戒除隨便喝水的習慣。所以大家都很勤於運動，十分注意強健體魄，連一點細節都不放過。

在我們的領土寶島上長著蔓草，寶島值日生發現到蔓草長了許多類似葡萄的小果實，於是將果實送回本部島。

拿出來觀察之下，發現它呈現紫色，散發著閃亮的光澤，總覺得好像有毒，但看起來又很可口。大夥兒湊近研究了半天，卻沒有人知道它是什麼植物的果實。

「在美國有看過這種果實吧！」

大副問小笠原老人。

「我們這裡三個人都出生在小笠原島，對美國一無所知啊！」

「原來如此，是這樣啊——」

頓時哄堂大笑。

不管怎麼樣，都不可以隨便亂吃東西。大家嘗盡了千辛萬苦，好不容易才活到現在。接下來的日子，只要還活在世上，就要努力工作下去。倘若因為一株不知名的野生果實送命或生病，那就太不值得了。我指示大家：

「在確認它無毒之前，大家都不可以吃。」

可是，某天寶島值日生從鳥糞中發現到這種果實的種子。這真的是個大發現，第二班船回來時，除了寶島的漂流木和海龜，也帶回了夾雜種子的鳥糞和大量的果實。

「大家覺得怎麼樣？我想既然鳥都可以吃了，人應該也可以。」

有人以鳥糞中的種子為證，認為吃它對身體無礙。

「雖然鳥和人類都是動物，畢竟還是有很大的差異。」

另一些人還是不放心。

最積極主張果實無毒的，是熱愛動物的漁夫國後。他說：

「我認為寶島的野葡萄應該可以吃。我想先幫大家吃吃看，試吃個五、六粒，就算中毒了，我想也不礙事。而且，鳥類和野獸都很懂得如何在大自然中保護自己，有毒的食物牠們也不會吃。鳥類的實驗已經很足夠了，對我們十六個人來說，野葡萄也是不可缺少的食物。」

我明白他那奮不顧身的精神，但是，在沒有得到更確實的證明之前，我無法同意讓他試吃。

「總之，再等一陣子吧！」我說。

第二天，國後和範多兩人跑來找我。

「鳥類非常了解毒物，人應該也可以吃。為了保險以見，我把這果實放進釣來的魚肚裡，餵給海豹吃吃看。」

這兩人願意用他們親如兄弟的海豹進行動物實驗，是因為他們堅信這些果實沒有問題。另一方面，大副和漁業長也把果實壓碎，塗在螃蟹的口邊，或是放進海龜嘴裡。總之都在進行鳥類之外的動物實驗。

夾雜種子的鳥糞送回本部島的第三天早上，範多站在大副面前，抓抓頭招認：

「我昨天晚上睡覺前，偷偷吃了十粒野葡萄。滋味非常甜美，而且我也睡了一夜好覺。今天早上，就如您所看到的，我活力充沛。肚子也沒有異狀。大家可以放心的吃野葡萄了。」

他最終還是為大家試吃，作人體實驗了。隨後，大家都開始吃起這果實。

好甜啊！再怎麼說，島上只有山葵稱得上是蔬菜，現在又發現了野葡萄。大家都說，有生以來從沒有吃過這麼好吃的果實。開始吃野葡萄之後，十六個人都突然變胖了。因為嚴重腹瀉，身體逐漸虛弱的漁夫小川和杉田也不藥而癒，連粗重的活兒都能做了。

於是，野葡萄變成寶島送往本部島最重要的輸出品。結實纍纍，類似紫色小葡萄的果實，就放在裝飲水過去倒空了的油桶裡，與海龜、漂流木和鹽巴一起，隨著每趟船班一起送回本部島。

這種小小的蔓草果實，我們取名為野葡萄，對於植物性食物只有島山葵的十六個人來說，如獲至寶，成了我們重要的糧食來源。因此，我們在本部島也撒下了種子，又從寶島把整株蔓草連根挖出來，要帶回本部島移植栽培。另外也把一部分野葡萄曬乾，做成葡萄乾，儲存起來做為冬天的糧食，以備在無人島長久居住。

我們的好友海豹

最初，第一個與海豹成為朋友的是國後和範多。不久之後，每頭海豹都和人類變得非常熟稔。不但一起游泳，還會用嘴接住我們投出去的木棒。摸摸牠們的頭，牠們也會用形狀像鰭的前腳，輕拍人類。只要我們走近海豹半島，牠們就會嗷叫歡迎。

二十五頭海豹並不是一直都待在海豹半島上，有時我們去找海豹，會一頭也沒看見。那時候就是牠們跳入自然的大餐廳——大海裡去吃魚了。這種海獸本來就是游泳高手，經常五、六頭一起在島嶼附近的海域嬉戲、潛水。用嘴巴靈巧的捉魚，吃得飽飽的才回到島上，滾來滾去睡大覺。

睡覺的時候，一定有一頭海豹負責守衛。我們一接近，就會把大夥兒叫起來。五月初時出生了五頭可愛的小海豹，母海豹會教牠們游泳的技巧和捕魚訣竅。

海豹不在島上的時候，只要我們朝著大海大聲吆喝：

「吼咿——吼咿吼咿。海豹啊！」

聽到我們的聲音，幾隻海豹就會從外海的方向，如同疾馳海面的魚雷般，掀起白浪，互相競賽似的回到島上來。

當牠們爬上我們所站立的海灘時，會猛力的左右搖晃腦袋，把毛上沾到的水花拂掉，然後左右左右的踏出前腳，當兩隻前腳都往前伸時，後腳會抬高往前推。用非常滑稽的走路方式靠近，嘴裡呼呼的冒著氣，把頭蹭過來。

「哦哦，好乖、好乖。吃了很多魚，飽餐一頓了吧！」

我說著，用右手摸摸牠們的頭，其他的海豹過來把我左手拿的木棒啣住拖走。站在後面的兩、三頭海豹，則用頭使勁推我。

那動作好像在說：

「來吧！人類大叔，跟我們一起去游泳玩耍吧！」

我站起來，喊了一聲：

「嘿，去吧！」

然後把手上的木棒使勁往海面丟，有多遠丟多遠。海豹們立刻跳入海中，濺起水花往木棒衝去。咬住木棒的海豹得意似的把頭高高伸出水面，然後朝著岸邊游回來。其他的海豹則有點羞愧的躲在海面下方，露出半個頭，跟隨在後。我們和野生的海豹就是這麼的親密友好。

不過，在這二十五頭海豹之中，唯有一頭特別驕傲，牠是頭雄海豹，總是仰著頭，翹起漂亮的鬍鬚，把胸口挺得高高的。

這頭海豹從來不與人類為伍。

沒辦法跟牠變成好朋友。

就連國後、範多那樣的馴海豹高手，都無法接近牠一步。

丟魚過去，牠會把頭甩開，不願意去吃。

而且，那樣子彷彿在說：

「什麼玩意兒，沾了人味的魚。哼！我的餐廳可是太平洋呢！」

然後跳進海裡，抓了一條大魚啣在嘴裡，把頭高高伸出水面，像是向人炫耀自己的獵物，之後再吞下肚子。

牠也經常和其他的海豹打鬥，而且一定都會贏。

這頭強悍的海豹，頭部有個被咬過的大傷痕，使牠看起來更加的粗暴強勢。

可是不知道什麼緣由，有一天這頭海豹竟然完全臣服於健壯的大塊頭漁夫川口手中。

川口給牠的魚，可以放在手掌上給牠吃。川口撫摸牠，牠便會開心的用大鰭般的前腳，啪啪啪的拍著川口。牠對川口喜愛的程度，令在一旁的夥伴忍不住微笑。

他幫這頭連國後都無法馴服的勇猛、強悍海豹，取名為「疤面白鼻」。那是因為這頭海豹除了頭上有個傷口外，鼻子上還生了一叢白毛，在海豹中十分的罕見。

「白鼻」是川口的驕傲，他把牠當作自己的弟弟一般疼愛。不時會拜託炊事值日生，從自己的魚當中，分出一半保持生鮮，不要調理，然後帶去給「白鼻」吃。

有一天，晚飯後的相撲，川口連續扳倒了五個人，大家報以熱烈的鼓掌，川口說道：

「這沒什麼，我還比不上『白鼻』。那傢伙摺倒了二十四頭海豹，牠是海豹裡的橫綱啊！」

他又在拿「白鼻」炫耀了。於是，大夥也承認「白鼻」的確是海豹中最威猛的王者。川口顯得十分得意，他像「白鼻」一樣挺起胸膛說：

「強將底下無弱兵。」

沒想到水手長接著說：

「大將軍光著身子，士兵卻穿著華麗的毛皮大衣，你這個大將軍還真窮啊！」

眾人聽了，拍著手哄堂大笑。

這也是無人島生活中獨一無二的場面。但是也因為最強壯的「白鼻」，為川口帶來了傷心的記憶……。

海豹的膽

剛遇難來到島上時，十六個人都得到嚴重的腹瀉，但沒過多久就痊癒了，大家又恢復以往健壯的體魄。但是小川和杉田卻持續的衰弱下去。

他們自從開始吃寶島生長的野葡萄果之後，看起來氣色暫時有好轉的趨勢。可是卻沒有變胖，反而更加消瘦。兩個人看肚子病況轉輕，所以也幫忙做些體力活。但似乎還是太費力了，就算讓他們吃了很多野葡萄、用萬年燈暖肚子，又在腹部包了毛毯。想盡了各種法子，但一點效用都沒有。

到了八月中旬，我們在島上已經生活了四個月。大夥完全習慣了在無人島上的生活。儘管他們看似精神飽滿，每天懷抱熱忱賣力工作，但兩個漁夫虛弱的模樣，兄弟們都看在眼裡。

有什麼好藥方可以治病呢？大家討論了很久。得出來的結論，應該是膽汁不足所引起的疾病，讓他們倆服用苦藥就會痊癒，而吃海豹的膽和膽囊應該最有效了。熊的膽囊叫做「熊膽」，人家都稱它是靈丹妙藥，所以海豹的膽一定也有效果，於是便決定盡快去取海豹的膽來。但是兩個病人說：

「請各位別妄下決定。吃了野葡萄之後，我自己已經覺得好多了。那些海豹好不容易跟我們親近，若是為了我們倆而殺了牠們，那實在太可憐了。請再多等一段時間，過一陣子一定會好的。」

其實，沒有一個人想殺海豹。但是，人的性命是無可取代的。

「海豹若是能成為救人性命的藥，牠們一定也會很欣慰的。你們就交給他們去辦吧！」

雖然大家苦苦相勸，但病人不願意接受。

「我們兩人的病真的有那麼嚴重嗎？雖然瞭望塔值班和寶島值班沒辦法做，可是我們可以照顧海龜、打掃草屋，也可以去釣魚。」

他們振作起精神，站起來模擬工作的樣子，那模樣一看就知道是硬撐出來的。我們不論如何都想把他們治好，但是倘若拂逆病人的意思，硬是把海豹殺了的話，說不定他們會誤以為：

「即使我們苦苦哀求，最後還是殺了海豹。這麼看來，我們真的病入膏肓了。」

因而還是暫且觀望一陣子，再做打算。

殺掉疼愛的海豹好友這種想法，就算不是病人，對其他人也是個頭痛的問題。雖然沒有說出口，但大家心裡都想著：

「可憐的海豹。該來的時刻終於要來了。海豹啊！不要恨我們無情無義，這麼做是為了救人性命。就像魚和海龜那樣幫助我們而已……。」

「但是，拜託不要讓我負責殺海豹的任務。」

不過，眾人安排的計畫確實周詳。

「我們先估計一下，哪一頭海豹的膽最具功效。這樣緊急的時候，才不會慌了手腳。」

「一定是最強的海豹藥效最大，我們就把目標鎖定在強壯大膽的海豹吧！」

既然得出了這樣的結論，「疤面白鼻」的膽自然就成了最明顯的答案。大家商量好取膽的時機，再用抽籤的方式，讓中獎的三個人負責取膽的任務。

大夥說好在八月底去取「白鼻」的膽來製藥。這時小笠原老人開起了玩笑：

「哈哈哈，『疤面白鼻』嗎？這傢伙說什麼也是海豹之王，肯定有一副上好的膽。不論什麼病，吃了它就能膽到病除了吧——但是，以後就恐怖啦！會不會補得太強壯，跟『白鼻』一樣動不動就打架呢？到時候，我若是被打，就成了『疤面紅鬍子』啦！哈哈哈——」

從剛才就坐在一旁的漂流木上，使勁擦著釣鉤的川口，忽然站了起來，轉向大家：

「海豹裡頭最強壯、膽子最大的，當然是『白鼻』。這麼做能夠救人一命，真的是很偉大，牠一定會成為藥師佛的（解救病人的菩薩）……。」

川口的口氣顯得沮喪而沉靜。他沒有像平時那樣挺起胸口，只是彎著腰凝視著白沙。

決定取「白鼻」的膽之後，川口每天都帶著魚到「白鼻」棲息的地方。

「喂，白鼻，你能治好兩個病人呢！很偉大呀！多吃點魚，在幫忙之前變得再強壯點吧！」

這隻凶暴的雄海豹「喔——」地叫了一聲，吃下了魚。然後用鼻子磨蹭川口的手，嗚、嗚、嗚的低吟撒嬌。鰭狀的前腳啪答啪答的對川口搧動，又用鼻子使勁推推川口，把他推到海灘，濺起水花玩耍，再一起游水。每次帶著魚去看牠時，川口漸漸有了不同的念頭。他想：

「若是這頭『白鼻』被殺的話——，牠不在了之後……。」

「到時候一定會很寂寞——」

一閃過這個念頭，悲傷的情緒瞬間擴散到整顆心，但是，剛強的性格立刻又將它揮散。就好像浪花拍打上岸邊，碎成了白花，散開後又消失了一樣。

信天翁的智慧和力量

經過了幾天，八月份也過完了。到了十月，海上的天氣就會變得凶惡，所以整個九月要把能載送的物品送回本部島，預先做好過冬的準備。

因此，九月一日一大早，我便乘著舢舨從本部島出發，在曙光的大海上前往寶島。一行五個人，我、水手長和到寶島交班的三名划槳手。

我們在正午左右抵達寶島。那天晚上和二號晚上都在寶島過夜，指示他們製鹽、捕龜、儲存漂流木，整理帶回本部島移植的野葡萄根，同時再謹慎的把島上巡視一次。二號的下午，發生了一件偶然的事，讓我深深感受到信天翁是種值得佩服的鳥類。

寶島上隨時都住著十幾隻信天翁。這種鳥在白天會三五成群，飛到海上尋找食物。一旦發現目標，鳥兒們就會為了那塊食物你爭我奪，用大大的尖嘴互相啄咬。這種情景在哪裡都看得到。

把食物吞下肚，飽餐一頓以後，這群鳥便會浮在海面上收起羽翼休息，悠悠哉哉的隨波流動。

這群信天翁在波浪上收羽休息時，其中的一隻必定會在同伴的頭頂上盤旋飛翔，負責守衛。經過一段時間，牠才會飄然降落在同伴浮游的海面上，收羽休息。此時，另一隻會立刻飛上天際，再度進行守衛，繞圈飛行。不管是一個小時，還是兩個小時，只要信天翁群浮游在海面上的時間，牠們都會這麼做。

這種守衛同伴的行徑，海豹也會，沒什麼好稀奇的。但是守衛的信天翁一降落，好不容易漂浮在波面，還沒來得及將羽翼收好，另一隻已迅速的展開翅膀飛舞而上。那模樣彷彿早已決定下次該輪到誰站崗。

水手長十分的佩服，立刻興起強烈的求知慾問我：

「船長，是哪隻鳥下的命令呢？」

但是這個問題我也想不出答案。

「不知道欸！是誰下的命令呢……。」

莫可奈何之下，我只能這麼回答。

「是鳥的法律吧！」

水手長的自言自語，引得大家哈哈大笑。但是仔細一想，我們哪有資格笑呢？這根本是個人類還無法解答的困難問題。

這天早上，為了準備午餐去釣魚時，出乎意外的豐收。因而把剩下的四、五十條魚，排在漂流木上曝曬，做成半乾的魚乾當作晚餐。

我們正要把種在本部島的野葡萄根挖起來，小心的用草編籃包起來時，有一隻飛在空中當守衛的信天翁，瞥見了正在曬乾的魚。不知道牠打了什麼暗號，浮在海面上的信天翁群，突然間一齊振翅而起，飛去搶曝曬的魚乾。

「臭信天翁，看我好好教訓牠們。」

漁夫大為光火，在剩下的魚乾裡插進釣鉤，丟到海灘上。果真有一隻信天翁上鉤，被他逮個正著。漁夫用細繩把牠大大的嘴結結實實的綁緊。

「因為你偷了人類的魚，所以要這樣懲罰你。你不知道剪舌麻雀[2]的故事嗎？我們手上沒有剪刀，所以只能這種方法懲罰你。你們要抓就該去抓海裡的魚。」

教訓了一頓以後，漁夫把綁了鳥嘴的信天翁給放掉。

受驚的信天翁降落到島嶼附近的海上，啪噠啪噠的拍著翅膀。

然而，接下來換成我們驚訝了。因為其他的信天翁看到了這個情景，一齊飛到綁了嘴的信天翁周圍，輪流去戳、咬和拉牠嘴上的繩子。非常耐心的辛苦了很久的時間，終於把繩子解開了。

從頭到尾站在海岸邊，觀看這一幕過程的我們，感覺被信天翁上了一課。

水手長對水手和漁夫說：

「平時只會互相爭奪糧食、打鬥的鳥兒，居然會貢獻智慧和力量來解救同伴。我們也要好好努力，絕對不能輸給這群鳥。」

雖然我沒說出口，但假如不能集合眾人的力量和智慧，讓兩名病人恢復健康，那麼實在是愧對這群信天翁了。

②剪舌麻雀：日本童話，故事裡有一對老爺爺、老奶奶。因為有恩於麻雀，老爺爺接受了麻雀們的招待，並選擇了小葛籠作為禮物，得到豐厚的金錢。老奶奶虐待麻雀，剪掉牠的舌頭。在聽聞了老爺爺的遭遇之後，偽裝成懺悔的樣子，接受了麻雀們的款待，卻貪心的選了大葛籠當成回禮，最後被裡頭的妖怪、毒蟲給嚇死的故事。

川口的雷聲

在寶島停留了兩個晚上，第三天的黎明，舢舨載滿了海龜、漂流木、鹽、野葡萄，我們離開了寶島，回本部島去。

如果按照平日的慣例，三個人會換班留在寶島。可是裝飲水的油桶不知道為什麼突然有三個漏水了，一時沒留神已經全部流光。只剩下一桶還有水，但也用了半桶以上。因為寶島連一滴飲水都挖不出來，這樣的話，就不放心把三個值日生留在這裡了。所以，決定全體一起折返，八個人就這樣坐上了舢舨船出發。沒想到，「運氣」這種東西，還真是奇妙。就因為這三個儲水桶突然間漏水，反倒幫了我們十六個人一個大忙。

九月三日，我們在海上迎接美麗的日出，往東筆直划行，過十點就到達本部島了。

平常總有三個留守在寶島，所以十分難得的，十六人全體到齊。大家把舢舨上的貨物一起搬上岸，一同分享了塞滿整個油桶的禮物——野葡萄。也讓兩個病人特別多吃了一些。這也是島上一段愉快的剪影。

「哪個人趕快去頂替站哨的人幾分鐘，讓守望的人也下來品嚐一下吧！」

我吩咐下去，立刻就有人爬上瞭望塔，當班的川口從塔上爬下來，滿心歡喜的嚼起野葡萄。

大副向我報告我們離開後的狀況，最後又補充道：

「還有，關於病人的部分，您不在的期間，我已經再三勸過他們了。『因為大家都很擔心，還是早一點吃下海豹的藥，恢復健康比較重要。你們兩人要是能服下海豹的膽，大家不知道會有多麼放心、高興。這不只是為了你們兩個人，而是為了所有的兄弟。』我這麼一說，他們就釋然了。明白的告訴我，那就快點服下，養好身體吧！」

「是嗎？這真是太好了。那麼，我們就趕緊來進行吧！等下就要吃午飯了，就在午飯前把膽取來吧！」

因此，立刻準備抽取海豹膽任務的籤。負責瞭望的川口，一聽到要抽取「白鼻」膽的籤，立刻臉色大變，一聲不吭的跑開，爬到瞭望塔上去。其他的人在午飯前各自就自己值班的位置，充滿活力的展開島上的工作。

海豹取膽部隊的隊長是水手長，範多和父島在一旁幫忙。這三人抽到籤了。

漁業長拿來一張大帆布，對父島說：

「海豹的屍體，用這張帆布快速包裹起來。別讓其他海豹們看見。」

交給他們之後，又說：

「如果嚇到海豹們，以後不敢再靠近那個半島就糟糕了。所以，麻煩你們要做得乾淨俐落。還有，因為我們都是光著身子，也要小心不要被『白鼻』咬住、拖住，以免受傷。」

父島拿著帆布，水手長和範多扛起粗木棒，向我們點頭敬禮。

「我們會成功完成任務的。」

三個人兩步併作三步的向外頭走去。就在這時，「啊——！」瞭望塔頂端傳來一聲驚天霹靂般的叫聲，但只有一聲，是大聲公川口雷鳴般的叫聲。因為太突然了，兄弟們都吃了一驚，這種事情很不尋常。

「怎麼了？」

「發生什麼事了？」

十五個人一齊抬頭看著高塔上的川口，但他不發一語，只是伸直了手臂，在腳架上亂踩亂跳。

「他是不是瘋啦？」

眾人瞪大了眼睛，全都呆住了。

有船

順著發瘋一般的川口，伸直了手臂所指的方向，往外海看去。在遙遠海平面的彼方，有個非常渺小，但非常明顯的影子，那不正是斯庫納型帆船的船帆嗎？

「啊！」

這次地面上的十幾個人，大家不禁拋開手上的東西跳了起來。

「不得了了，有船！」

「啊，信號啊！火啊！」

「舢舨啊！」

全體開始往左往右的亂跑成一團，到達非常狀況的部署位置。不過轉眼之前，大家便迅速的按著日常的訓練，順利的進行。

從三個地點，漸漸升起了黑煙。

我把望遠鏡掛在脖子上，跳上了放在海灘上的舢舨，而船上值班的三名水手，已經握緊了櫓和槳。水手長扛著裝了飲水的油桶，也跟著坐上來。我和水手長，以及划槳的三人，把帽子衣服包裹成一疊，丟進舢舨船裡，幾個人一起把舢舨從海灘推出去。

接著，櫓和槳猛力往下一推，舢舨便朝著外海衝出去。大家幾乎是在同一時間進行同樣的動作，就好像按下按鈕，大型機器馬上動起來一樣。

「萬歲——！」

我們把留在島上十一個人扯破喉嚨的叫喊聲拋在後頭，「嘿咻！嘿喲！」的壓彎櫓和兩支槳，只要還有腕力，就不斷的朝著外海遠方的帆船划過去。

不知道那艘帆船是哪一國的船。光著身子划船過去，關係到日本的名譽。因此，我們先前已考慮到這種情況，而把船長、水手長還有舢舨船三名划槳手的帽子和衣服包成一包，準備好在緊急時刻與飲水一起搬進舢舨船。接近那艘船之後，再趕緊穿上久違的衣物，準備上船。

回頭一望，島上已經冒出濃濃的黑煙。外海的船隻一定看到了遇難者的求救信號了，所以我們一刻不停的加緊划行。

另一方面，島上的一群人紛紛爬上瞭望塔，沉默的凝望著外海的帆船和我們漸漸變小的舢舨，連午飯都忘了吃。

剛毅的川口自從竭盡全力發出猶如雷鳴般「啊」的一聲之後，就因為太過開心再也說不出話來。在那種狀況下，任誰都會如此吧！「啊」相當於「有船！」、「有船帆！」的意思。

留在島上凝視著外海的十一個人，胸中五味雜陳，滿是激動。但他們誰也沒有開口，眼中溢滿了淚水。年輕人興奮了一陣子，但立刻就平靜了下來。老人們果然沉得住氣，他們猶如石頭一樣篤定。前輩們不論什麼時候，都要作為年輕人的好榜樣，這就是日本船員的偉大之處。

風呼嘯吹起，波浪的飛沫在海面立起了一道白邊，舢舨就像野馬般在白浪裡向前挺進。正是現在，划槳手將期望託付予如鐵一般的雙臂，把船頭對著目標帆船奮力前進。然而，不論再怎麼划動，那帆船仍然遙不可及。最初看起來好像很靠近我們，但我們划了四個小時，卻沒有靠近多少。我們划出島嶼的時候是正午時分，過了下午四點，才終於接近了帆船。

我穿上自遇難以後已五個月沒有穿過的褲子和上衣，戴上船長帽。水手長和三名划槳手，輪流在划槳手的休息時間穿上衣服，這是我們日本船員應該遵守的儀容。只不過因為我們是遇難船員，所以光著身體其實也無可奈何。

那時，我的望遠鏡映照出一個景象。

「哎呀，我是在做夢嗎？」

再仔細看一次，果然沒錯。

「哦，是日本國旗啊！太高興了，是日本的船啊！」

「啊？日本的船？太棒了！」

水手長和水手把剛穿上的衣服，粗暴的扔到一邊，更加猛力的划行。

漸漸的，靠近帆船到可以接引上船的程度。我們的舢舨終於划到了帆船那裡，接過帆船丟下來的纜繩，我們把舢舨船繫在帆船的舷邊，攀爬著從上面垂放下來的繩梯。我們像猴子一樣，敏捷的爬上了帆船的甲板。

第一個站上甲板的我，一看到聚集望著我們的許多船員中央站了一個人，就忍不住「啊！」的歡呼了起來。那個人是這艘的矢號帆船的船長，也是我的好朋友——長谷川先生。就在這大洋的正中央，我們兩人竟然滿懷感動的相見了。

在的矢號上

我們登上的船屬於斯庫納型，重達一百七十噸的的矢號。它是受政府委託，從事遠洋漁業的帆船。為了調查這片少有船隻經過的海域，所以才朝西避開暗礁，經過了珍珠與赫密斯環礁的北部海面。在航行中，突然看到海平面有兩、三縷的黑煙升起。

「恐怕是外國的軍艦遇難了吧！如果有地方下錨的話，無論如何先停泊下來再說。」

因此，他們在距離我們本部島十二海里（二十二公里）的外海下錨。

「有小船划近。」

「是日本的舢舨船。」

「有黑漆漆、光溜溜的土人坐在船上。」

聽到值班的人用望遠鏡瞭望，迅速而確實的報告，的矢號的長谷川船長把我們想像成是遇難的土著。

果真如報告所言，有五個烏漆抹黑的土著，沿著繩梯爬上了甲板。只有一位像是酋長般的人物，穿著得體的衣服。那個人站在甲板上，肯定是因為看到他的緣故，突然間大聲叫道：

「啊！長谷川。」

然後張開雙臂，直逼過來，一副快要撲上去的模樣。

長谷川船長嚇了一跳。

「啊……。」

他正想仔細把土人的長相給看清楚，卻被土人以雙手用力抓住。但是，好朋友不愧是好朋友，立刻就認出對方來了。

「啊！中川，你怎麼會在這裡——」

「龍睡號沉了……。」

「兄弟們都還平安嗎？」

「全體平安。」

然後，我被引導到船長室，概略的說明了遇難經過之後，請求他的援助。

「如果現在能馬上援助我們十六個人，當然是再好不過了。但是，你們的船還有漁業任務沒有結束。突然有十六個人要照顧，糧食和飲水也會成為問題吧！況且也會妨礙你們工作造成困擾。所以，你看這樣如何？能不能先帶我們其中一個人回去日本，向報效義會報告我們遇難的情形。如果這樣沒辦法，那能不能先幫我帶一封信回日本呢！目前，我們雖然有兩個病人，但是在一、兩年之內，還沒有性命之憂。而且，藉著十六個人到目前為止的研究，我們有自信接下來在島上生存幾年都不是問題。米在節省使用之下，大概還有三斗五升（六十三公升）左右。」

長谷川船長兩手交叉，閉著眼睛聽完之後說：

「正如你所知道的，的矢號才剛剛到達目標的漁場，正要開始我們的工作。所以沒辦法立刻接你們十六個人上船，帶回日本去。因此，在捕魚作業結束以後，我再帶大家回去吧！不過，待在這個島上，維繫生命的飲水一定很缺乏吧！明天，我先把你們十六人送到有乾淨水源的大島——中途島去。請你們在中途島等候的矢號的作業結束。

「我們會提供米、寢具、衣物等任何用品，讓你們不虞缺乏。我們船上也有精良的藥品可以提供。

「中途島在距離這裡不到六十海里的西北方。總之，今晚你們就在這艘船上好好休息，吃一頓白米大餐吧！明天一早，我會盡量將本船駛近小島那裡。」

這段期間裡，水手長和三名水手則被引領到水手室，接受的矢號船員們富有同情的誠摯招待。

在眾人的詢問之下，他們開始說起島上的生活。船員們圍著四個人，睜大了眼睛聽得入神，既是佩服，又是驚訝。

「噢——」

「哇——」

眾船員不時發出呼喊聲，有時又低頭嘆息。聽到病人和取海豹膽的事情，有些人忍不住開始眼角泛淚。

的矢號的水手長親切的說：

「我們船上有精良的好藥品。因為畢竟是官方的派遣船呀！連『熊膽』也有呢！請放心，本船雖小，你們就當作搭上了大船吧！」

有人深深感動的說：

「我們日本真了不起，在這平常船隻不會經過的地方，這種太平洋中央的無人島上，竟然來了兩艘日本船。一艘遇難，另一艘來救援。這真是種不可思議的好運啊！」

「快來享用大餐囉！」

在上甲板的遮日帳篷下，特別騰出了五個人的位子，擺設桌椅。桌上準備了五個人許久都沒看見的雪白、扎實米飯。但是，我無論如何都吞不下去。

「啊，太好了。我們十六個人得救了——」

光是想到這個念頭，整個胸口就開始沸騰起來。但是喝了茶也不知味道，更無心留意桌上精心準備的盤子裡的菜色……。

水手長和水手們的心情想必也一樣。他們吃了一大口飯，卻在嘴裡嚼個沒完，淚水一顆顆的滴下來。然後半欠著身，不時窺探著我的臉。

「我們快點把這個好消息告訴島上的夥伴吧！」

我很明白那是給我的暗號，他們一定也是食不知味吧！我們再也無法靜靜坐在這裡，慢慢的嚼著白飯。於是，我站起來。

「長谷川兄，謝謝你。但我想盡快讓島上的兄弟們高興一下，所以我要回去了。這碗飯就讓我當成路上的便當吧！」

「雖然沒什麼風，但海浪有點大，在夜裡回去太勉強了。你們就在這待一晚吧！」

儘管的矢號的船長十分體貼的挽留，但我們還是與他約定明天的矢號駛近本部島，然後我們五個人在傍晚五點多，再次坐上舢舨，離開的矢號。

在確定本部島的方位以後，我們就精力充沛的划了起來。

歡喜的早晨

島上的人在日落之後，很快便燒起了熊熊篝火。大夥整夜輪班，維持篝火不滅。那時候，大家才開始聊起了閒話。

「不知道是哪一國的船啊！」

「他們會願意救我們嗎？」

「也許是開往遙遠外國的船。」

年輕人睡不著覺，即使夜深了，仍然聚集在篝火旁。漁業長和小笠原老人輪番說：

「值班的人醒著繼續生火就好了，其他的兄弟都去休息吧！不管你們在這裡如何猜，也無濟於事的。『船到橋頭自然直』，用搭乘大船的心情面對，就是指這種時刻啦，就放下心吧！好了好了，快去睡覺。」

他們這樣安慰著年輕的夥伴們。

小小的舢舨船飄浮在太平洋中央的波浪上，風有點太強了些，但仰賴雲縫中閃耀的星光，我們依舊撥開浪頭向前划行。「十六個人得救了」的喜悅，賦予我們手臂超越原本的力量。在這狀態下，兩隻手臂就像電動機器，一點也不會疲倦，只是不斷的划著。

大約半夜一點左右，舢舨上的我們發現海平面上的某處有一朵紅雲。是島上生起的巨大篝火，映照在雲上的關係。已經可以放心了，就快到小島了。

憑著火光映照的紅雲，我們划了一整夜。第二天，也就是九月四日的黎明，我們回到了島上。那時候年輕人都已經睡了，只見篝火值日生、瞭望塔值日生和幾個老人跑向海灘。

「喂，得救囉！大家快起來啊！」

這句簡單的話，就像捅倒馬蜂窩般，整個島頓時歡聲雷動。

我們終於得救了。要從小小的無名島，搬到距離六十海里的隔壁大島——中途島去了。

大家歡天喜地的，開始準備行李。把各自調查的事物整理好，把品質較好的用品收集起來，再收拾小屋。

糧食組長大副對大家說：

「各位，謝謝你們忍耐克制了這麼久。今天，我要好好做頓好吃的，你們不要客氣，盡量點。」

年輕人都喜上眉梢。

「我要吃扎實的白米飯。」

「請幫我做一道咖哩飯。」

「開一個鳳梨罐頭吧！」

「麻煩你，我要甜甜的煉乳。」

炊事值日生忙得手忙腳亂。

十六個人開始吃今日島上的第一頓，也是最後一頓豐盛早餐前，眾人一同在海裡沐浴淨身，朝著遙遠日本的方位，誠心誠意向神明祈禱。

然後，我向排成一列的所有人說：

「離開這座島的日子終於來了。仔細想想，你們克服了那麼多艱難和困境，努力的活出海國日本男子漢的精神。

「一個人的力量很微弱、智慧也不夠。但是，一旦十六個人的誠心和認真努力結合在一起時，就會變得非常強大，成為一股難以估計的潛在力量。因此，我們才能在這座島上，出色而開朗，沒有一天愁眉苦臉，希望能夠幫助彼此有所進步，更為優秀的生活下來。

「我們在這座島上第一次這麼認真的自我鍛鍊，磨練心志，因而明白到心靈的力量有多麼強大。在我們十六個人團結一心的強大力量前面，沒有不安也沒有擔憂。不論是吃的、喝的，大自然都賞賜給我們。海豹、鳥兒、雲、星星都來與我們為伴，溫柔的安慰我們，這都是因為你們有著高潔、勇敢，而且慈悲的品性。我由衷的感謝各位。

「接下來，我們要在鄰近的中途島，度過三個月，等待的矢號來接我們。遷移到中途島之後，希望各位能將此地經驗到的心得，精益求精，淬煉到完美的地步，並且做得比現在更好。我再次向你們致謝。」

我懷著真誠的心情，向大家道謝。

十五人有禮貌的向我鞠躬。大家宛如銅像般，呆站了好一會兒，還能聽到一些啜泣聲。

小笠原老人向前跨出一步。低頭行禮以後，他斷斷續續的說：

「按照年齡的老幼，由我來代表大家。……我只是感到無比的慶幸，活到這個年紀，在這座島上第一次活出人生的價值。我的心彷彿像大海那麼的廣闊、巨大、強壯。

「謝謝您，今後也請多多指教。」

當時的感動心情，我一輩子都不會忘記，大家也這麼說著。我感受到心與心之間交流的寶貴迴響。

大夥兒開心的用早餐，不絕的笑聲沸騰在各個角落。水手長向川口提起了到大船時的重要訊息。

「的矢號上備有精良的藥品。也有『熊膽』哦！很開心吧？不再需要『白鼻』的膽了，那傢伙的命撿回來了。」

近日萎靡的川口又開始挺起胸，「嗚哦，哈哈哈」的發出了打雷般的笑聲，看上去高興極了。其他十五個人也一起，「哇哈哈哈」的大笑起來。

飯後，大副提醒眾人：

「在的矢號的成員從這裡登陸之前，你們至少要先把褲子穿上吧，打赤膊的日子要結束了。」

再會了，小島，海豹們

於是，這天下午，的矢號航近本部島的外海，放下了一艘舢舨和三艘漁船，船員們來迎接我們十六個人了。

的矢號船員看到島上的所有設備，佩服得五體投地。他們瞪大了眼睛看著海龜牧場，也試著拍拍我們海豹好友的頭和肚子。川口也把「白鼻」介紹給的矢號的人。

的矢號的船員也幫忙用龍睡號的舢舨和的矢號的四艘小船，多次來回於母船與小島之間載運行李。這些行李都是些不太尋常的東西，除了搬家的行李之外，又載送了大量的海龜作為的矢號的糧食、儲存在油桶裡的珍貴雨水三十桶，和將漂流木劈好用於煮飯的柴薪達八十五束。

國後、範多、川口等與海豹友誼特別深厚的弟兄，知道從此以後再也見不到牠們了。開始離情依依的告別，打動了旁人的心。

十六人即將要離開小島，海豹們似乎也察覺到了。牠們跟在舢舨後面或游或潛，一直送行到外海的的矢號附近。

的矢號的長谷川船長眼眶泛紅的說：

「我從來沒看過，野生的海豹這麼溫馴。這會成為報告的好材料。」

傍晚，的矢號終於在漸漸猛烈的海風中揚起了帆，離開了本部島。我們十六個人眼眶含著淚，目送著那令人懷念的小島，直到看不見為止。

原本以為要在中途島上暫住的十六人，出乎意料的竟然就停留在的矢號上繼續航海。這是出自於以下的理由：

一開始，我們划船到的矢號請求救援時，的矢號的水手和漁夫在聽完十六個人的島上生活之後，個個都感佩不已。

「真是太了不起了。」

後來，舢舨朝著島上出發之後，他們一直在談論著十六人的話題。那天，太陽下山後，水手長走進水手室裡。

「喂，各位注意聽！明天，我們要把十六個人送到中途島去。」

「為什麼不能讓他們乘坐我船呢？」

「若是擔心糧食和水的問題，我們可以減量到一半，就算是四分之一也能將就。拜託請讓他們留在我船吧！」

「說的對。那十六個人是我們的典範啊！」

「大家一起去求船長吧！」

因為這個緣故，船長接受了眾人的請願，讓十六人留在的矢號上了。船長自己最初就打算這麼做。但是這麼一來，船上的人數將會增加一倍。白米的準備量還可以撐上幾個月，所以倒還無妨，但是水槽的大小卻有限。飲水的部分，就算將每人一日的份量減少一半，只要往後幾天不下雨，拿不到水的話，就必須得減少到三分之一。底下的船員，真的能忍耐到這種程度嗎？因為這層顧慮，儘管的矢號同情我們十六個人的遭遇，但還是考慮讓我們在中途島上等待。

祖國的土地

的矢號盡可能節約用水，繼續愉快的航行。自從十六人搭上船之後，船內的氣氛變得開朗許多。的矢號的船員非常勤勉，而且守紀律。那是因為他們看到這十六個人為了報恩，加倍用心的在的矢號上工作，潛移默化之間也開始仿效。

島上教室移到了的矢號的船內進行，部分的矢號的船員也加入學習，龍睡號的船員終於可以完成學業。此外，的矢號最後也以豐富的成果完成遠洋捕撈作業，返回到故國日本。

明治三十二年（西元一八九九年）十二月二十三日，我們十六個人淚眼迷濛的，激動仰望白雪皚皚的靈峰富士山。船隻在順風吹送下，平安的進入了駿河灣。並且在下午四點，靜靜的駛進被夕陽染紅的女良港。

我們十六個人對的矢號的人們表示衷心的感謝，並帶著「好，上吧！」的高漲情緒，踏上了相隔一年的祖國土地。眾人下船後直接前往女良港奉祀的神社參拜。

島上的學習有了相當的成果。聽說以前連字都寫不好的漁夫和水手們，給家人寫了通情達意的書信，父母和兄弟因此感到既驚訝又歡喜。此外，四名青年在第二年一月，通過了遞信省船舶職員考試，取得了駕駛員資格。光憑這些成果，無人島上的生活就沒有白過，我因此感到十分的欣慰。

過了一段時間之後，我們十六人又再次乘船出海。

中川船長說完了這個漫長的故事，我（須川邦彥）才如夢初醒般看向四周。由於我太沉醉於故事裡，一時間還以為自己身處於夜色籠罩的女良神社森林，盤著腿坐在樹枝交錯的杉木底下。練習船琴之緒號的桅杆宛如一棵大樹，而巨大的帆桁則是交錯在頭頂的大樹枝。

從仰望的帆桁之間，我看到了銀河。夜已深沉，到處都被夜露所濡濕。從帽緣滴落的露水，與我的眼淚一同流下了臉頰。

（全文完）

人間模樣 25

無人島生存十六人【真實事件改編成長小說】：一段勇氣、信心、合作的250天冒險旅程

無人島に生きる十六人

作　　者　須川邦彥
譯　　者　陳嫺若

社　　長　張瑩瑩
總 編 輯　蔡麗真
主　　編　鄭淑慧
責任編輯　徐子涵
校　　對　魏秋綢
行銷企劃　林麗紅
封面設計　李東記
內頁排版　綠貝殼資訊有限公司

國家圖書館出版品預行編目（CIP）資料

無人島生存十六人（真實事件改編成長小說）：一段勇氣、信心、合作的250天冒險旅程／須川邦彥作；陳嫺若譯. -- 二版. -- 新北市：野人文化出版：遠足文化發行，2020.10
272面；13×19公分. --（人間模樣；25）
譯自：無人島に生きる十六人
ISBN 978-986-384-454-9（平裝）
861.57　　109012317

讀書共和國出版集團
社　　長　郭重興
發行人兼出版總監　曾大福
業務平臺總經理　李雪麗
業務平臺副總經理　李復民
實體通路協理　林詩富
網路暨海外通路協理　張鑫峰
特販通路協理　陳綺瑩
印務主任　黃禮賢
出　　版　野人文化股份有限公司
地址：231新北市新店區民權路108-2號9樓
電子信箱：yeren@yeren.com.tw
發　　行　遠足文化事業股份有限公司
地址：231新北市新店區民權路108-2號9樓
電話：（02）2218-1417　傳真：（02）8667-1065
電子信箱：service@bookrep.com.tw
郵撥帳號：19504465 遠足文化事業股份有限公司
客服專線：0800-221-029
法律顧問　華洋法律事務所 蘇文生律師
印　　製　成陽印刷股份有限公司
初版首刷　2014年06月
二版首刷　2020年10月

廣 告 回 函
板橋郵政管理局登記證
板 橋 廣 字 第 143 號

郵資已付　免貼郵票

野人

231
新北市新店區民權路108-2號9樓
野人文化股份有限公司　收

請沿線撕下對折寄回

野人

書名：無人島生存十六人
書號：ONJP4025

好野人部落格
http://yeren.pixnet.net/blog

野人文化粉絲專頁
http://www.facebook.com/yerenpublish

姓 名　　　　　　　　　　□女 □男 生日

地 址

電 話 公　　　　　宅　　　　　手機

Email

學 歷 □國中(含以下) □高中職 □大專 □研究所以上
職 業 □生產/製造 □金融/商業 □傳播/廣告 □軍警/公務員
□教育/文化 □旅遊/運輸 □醫療/保健 □仲介/服務
□學生 □自由/家管 □其他

◆你從何處知道此書？
□書店 □書訊 □書評 □報紙 □廣播 □電視 □網路
□廣告DM □親友介紹 □其他

◆你通常以何種方式購書？
□逛書店 □網路 □郵購 □劃撥 □信用卡傳真 □其他

◆你的閱讀習慣：
□百科 □生態 □文學 □藝術 □社會科學 □地理地圖
□民俗采風 □休閒生活 □圖鑑 □歷史 □建築 □傳記
□自然科學 □戲劇舞蹈 □宗教哲學 □其他

◆你對本書的評價：(請填代號，1. 非常滿意 2. 滿意 3. 尚可 4. 待改進)
書名_____ 封面設計_____ 版面編排_____ 印刷_____ 內容_____
整體評價_____

◆你對本書的建議：